迁遥

费晓达 著

中国财富出版社有限公司

图书在版编目（CIP）数据

迁遥／费晓达著．――北京：中国财富出版社有限公司，2021.9
ISBN 978-7-5047-7513-9

Ⅰ．①迁… Ⅱ．①费… Ⅲ．①长篇小说－中国－当代 Ⅳ．① I247.5

中国版本图书馆CIP数据核字（2021）第172436号

策划编辑	谢晓绚 张彩霞	责任编辑	孙 勃		
责任印制	梁 凡 郭紫楠	责任校对	张营营	责任发行	杨恩磊

出版发行	中国财富出版社有限公司		
地　　址	北京市丰台区南四环西路188号5区20楼	邮政编码	100070
电　　话	010-52227588 转 2098（发行部）	010-52227588 转 321（总编室）	
	010-52227566（24小时读者服务）	010-52227588 转 305（质检部）	
网　　址	http://www.cfpress.com.cn	排　　版	方 悦
经　　销	新华书店	印　　刷	固安兰星球彩色印刷有限公司
书　　号	ISBN 978-7-5047-7513-9/I·0329		
开　　本	880mm×1230mm　1/32	版　　次	2021年10月第1版
印　　张	7.125	印　　次	2021年10月第1次印刷
字　　数	142千字	定　　价	49.00元

版权所有·侵权必究·印装差错·负责调换

目录

第 一 章　　故乡 …………………………… 001
第 二 章　　父与子 ………………………… 012
第 三 章　　十七岁的女孩 ………………… 032
第 四 章　　马尾 …………………………… 055
第 五 章　　我们的故事 …………………… 075
第 六 章　　乱世佳人 ……………………… 088
第 七 章　　镜中花 ………………………… 108
第 八 章　　埋葬爱情 ……………………… 124
第 九 章　　水中月 ………………………… 146
第 十 章　　逃亡马车 ……………………… 167
第十一章　　北方 …………………………… 186
第十二章　　琼浆千舀 ……………………… 206

第一章 故乡

1

在我刚上小学的那年,爷爷曾找来一个道士为我算命。对方的模样我早已没了印象,只记得他像煞有介事地掐了半天手指,大体意思是说我五行属木,三十岁之前怕是有一场大劫。

这便是那些算命先生的可恨之处了:他们永远不点明具体的时间和地点,偏要划出个范围让你胆战心惊。所以许多年过去,当我亲眼见证这个预言成真时,心里反而偷偷松了一口气。我不知那个道士当初只是随口一说,还是真的从我的掌纹中看出了什么,也没觉得这场如期而至的灾祸,有他说的那样充满仪式感——我不过是为了弥补自己做过的错事,而不得不做了另一件错事。尽管理智一再提醒我,自己所做的这件事,从法律的角度讲,叫作谋杀。

如今,我打算将这些秘密永远埋藏起来,在此之前,我想自己有必要把事情的来龙去脉仔细地梳理一遍。然而，这段回忆不免有些混乱，仅凭三言两语也难以说尽。如若非要选择一个切入点的话，我准备从自己的故乡开始讲起。因为对我而言，关于家的记忆是最清晰的。只不过，那已经是一年前的事了。

2

我最近一次回到家乡，是在大学毕业的半年之后。

在我的记忆中，这个坐落在东北平原上的三线小城似乎从没有过秋天。每每夏天一过，周遭的空气中便多出了几分凉意，随之而来的是北方持续半年的霜期，宣告着无比漫长的冬天提前来到。

列车是在腊月昏沉的暮色中缓缓停下的。在抵达旅程终点的瞬间，一车的倦怠仿佛也随之消失。乘客们纷纷喧闹着提起行囊，毫不掩饰自己对于故土的眷恋——我出生的地方叫作迁遥，城区的北面有一片湖，湖水清冷湛冽，人称千舀湖，取"琼浆千舀"之意，"迁遥"便是因湖得名。临近年关，归家的游子或是故人，总要到湖边去瞧上一眼的。走出车厢，寒风顺着领口倾泻进来，我下意识地裹紧了外衣。每次回到北方，都免不了要感叹这滴水成冰的寒冷。我想百多年前初到关外的人们，一定是被眼前冰封千里的苍茫大地所震撼，才会心甘情愿地在这漫天风雪之中度过余生。

第一章　故乡

"哥，我在这儿！"熙攘的人群中，我远远地看见一个女孩向我奋力挥手，整个车站都被她的热情所感染——迎接我的，是小我两岁的妹妹叶梓尧，身边的人总是亲切地叫她叶子。虽然我们在同一个屋檐下生活了二十年，但是每次久别重逢，我几乎都认不出她的模样。这也难怪，打小爸妈就一直惯着她。况且叶子还有半年便大学毕业了，正是我行我素的年纪，想不搞出点花样来也难。这次我俩已近一年没见，故而我心中早有预感。果不其然，她此番又别出心裁地染黄了头发，这会儿正甩着一头惹眼的长发又喊又跳，撩得一个路过的男孩满脸通红。

我穿过拥挤的人潮，在叶子的面前站定。她走上来，连同外套上的"凯蒂猫"一起，给了我一个大大的熊抱。

我微笑着，仔细地看了看她，问道："戴了美瞳？"

"你懂什么，这是隐形眼镜。"叶子嫌弃地瞥了我一眼，接着又狡黠地一笑，"我这么漂亮，戴什么不一样？"

她说话一向如此，直来直去，从不谦虚。

"你自己开过来的？"我指的是停在她身后的，我们家那辆老旧的手动挡汽车。

"嗯，一路上还算顺利，没撞到什么东西。"叶子转身拉开车门，敏捷地钻进驾驶室，"走吧，让你见识一下我的车技。"

"那好，你来开。"我从小就习惯让着她，如今更是懒得和她争，"你什么时候拿到的驾照？"

"我还没有驾照呢，上个月路考挂了，正好出来练一练。"她不顾我脸上惊恐的神情，信心满满地系上了安全带，"咱们得赶在晚饭前回去，不然家里又要担心了。"

很快，我就在断断续续的颠簸中确信了，我的妹妹当真没什么驾驶天赋，坐到后排说不定会更有前途些。这一点，她百分之百是遗传自她妈妈——我没有说错，我叫林宇谦，并非叶子的亲哥哥。她妈妈是我的继母，在二十年前改嫁给了我父亲。至于我的生身母亲……说来可笑，我对她了解不多，很多故事都是从旁人口中听来的。我只知道自己的生母本是外地人，早年因工作分配来到迁遥。然后，在这个偏远的小城中，结识了一个姓林的小伙子，也就是我父亲，接着便不顾家里的反对，嫁了过来。可惜，传奇的故事多半都有一个荒唐的结尾——就像她义无反顾地来那样，在生下我的第二年，她又毅然决然地走了。这一走竟如此彻底，甚至连一张照片都没有留给我。

我至今也想不明白，这个家对于她来说到底算是什么，可能只是一个驻足之处，又或停顿之所。我们母子间并无牵绊，更谈不上有什么感情。反而自打我记事开始，叶子的妈妈就承担起了这个家庭中母亲的角色。同样是在那一年，还在襁褓中的叶子告别了自己出生的房子，跟着她妈妈一同来到我家——或许这么说并不合适，准确地说，是她们母女与我们父子组成了一个新的家庭。因此，我与叶子虽名为兄妹却并无血缘，各

第一章 故乡

自随了父姓也就不足为奇了。值得一提的是，那时的我还叫作林宇，而她的本名是叶梓。家里的两个大人为了让我们能够像亲兄妹一样相处，便将故乡"迁遥"二字的谐音，分别嵌在了我俩原本名字的后面。从此，这个世界上就有了林宇谦与叶梓尧这对兄妹。

也许正是有父母为我们缔造的这一层联系存在，我和叶子从小就懂得要将彼此当作亲人对待。我相信，所谓亲情，一定有除了血缘之外的其他存在方式。比如重逢时相视一笑的默契，比如平日里无怨无悔的付出，比如随岁月一同沉淀下来的，难以言表却深藏在心的感动。我能感受到，某种强大的力量将我们牢牢地连在一起，枝叶相依，不可分离。

等红灯的时候，叶子扭头问我："年前还走吗？"

"不走了，年后才回去。"我将手伸进背包，想翻出一根烟抽。

"对啊，你还有年假。"她看见前面绿灯亮起，小心地控制着离合器，"可是，你回来得也太早了点吧？"

"临时决定的。"我摸索了几番未果，最后只好宣告放弃。"单位那边不是很忙，就额外请了一周的假。正好可以多陪陪爸妈，毕竟上个春节就没过好……"

车身突然莫名地颤了两下，毫无预兆地停在路口中央。后面的车主似乎被这突如其来的变故吓了一跳，一个劲儿地按着喇叭。

"该死，"叶子一边慌乱着打火，一边不好意思地笑笑，"熄火了。"

"你妈妈最近气色怎么样？"我转过脸，换了话题——她母亲的身体一直都不是很好，去年还入院观察过一段时间。

"没什么变化，还是老样子。"叶子启动两次终于成功，"你不知道，给她复诊的那个医生，长得真是太'丧'了，能把病看好才怪。"

我挑起眉毛，不置可否。有些人对于自己无法掌控的事情，总能找到千奇百怪的理由。她们看重运气，她们不相信科学。

车子慢吞吞地驶过道口，在街角转了一个弯。两侧的路灯一排排亮起，这一年来，离家在外堆积起的陌生感，就这样融化进朦胧的夜色里，在不知不觉中，被柔和的光亮一点点燃尽了。我想自己将要在这里度过一个漫长的假期，同家人一起分享岁末一年一度的欢愉，说不定还有机会点燃一捆儿时熟悉的烟花——故乡的温存就在于此了，它总能让你找回一些失去却从未逝去的东西。

当然，除此之外，这一次我之所以这么急着回来，还有一个重要的原因没有告诉叶子。简单地说，就是在一个星期以前，我收到了一条奇怪的短信。说它奇怪，是因为信息来自我前女友的号码。按说分开的男女之间断了关系，却没断联系的情况也不在少数，这本算不上什么了不得的事情，除了——她本人

第一章 故乡

于去年的除夕夜坠楼身亡。

3

当叶子的妈妈带着温暖的笑意,手忙脚乱地为我们开门的时候,我才终于意识到,自己已经真真切切地回到了家。

"慧姨!"其实我早已把她看作母亲,这么称呼仅仅是习惯而已。

"怎么搞的,都工作了还这么瘦?平时又没好好吃饭吧?"她拉着我的手臂,语气温柔地责备着。

与之相比,我爸倒没什么特别的反应,只是漠然地站在客厅中央,像个教书先生那样对我点了点头——尽管这的确是他的职业。讲台之外,他本就是个沉默寡言的人,更何况这几年我们两个人也没怎么说过话。自离家以来,这边的情况,我大多是从慧姨那里得知的。她乐得与我分享家中所有的大事小情,我也逐渐适应了她那有点小题大做的唠叨。慧姨身上有种令人心安的生活气息,她习惯不厌其烦地在电话中嘘寒问暖,她习惯仔细拍打我那并不很脏的外套——我早就说过,她是一个合格的母亲。

"妈,差不多行了,又不是头一次见。"叶子总喜欢用这种夸张的口吻,揶揄一切令她觉得肉麻的瞬间。例如当初我去外地上学,在车站和家人作别的时候,以及在晚餐的饭桌上,她妈妈为我夹菜的时候。

"叶子有没有和你提她的男朋友啊？"慧姨的筷子绕过一桌子菜，将一块排骨放进我的碗里，"不错的一个小伙子，我和你爸倒是挺中意的。"

"男朋友？"我不由得一愣，"我怎么没听说啊？"

"我一共才和他见了两次，谁承认他是我男朋友了？"叶子一脸不屑，不咸不淡地说，"再说他有什么好，土里土气的。"

慧姨无视这番话，继续同我解释着："我不老是头疼嘛，给我看病的沈大夫是你爸的同学。那天请他吃个饭，正好他儿子也去了。哎哟，真是一表人才啊，一打听还没女朋友，你说巧不巧……"

"妈，你是不是快更年期了？"叶子又插嘴进来，"这一件事天天说个没完，不累啊？"

"死丫头，怎么跟你妈说话呢！"一直默不作声的老爸开口了，"看你把头发弄成这个样子，人家看不看得上你还难说。"

叶子撇着嘴，小声嘟囔着："年纪大了，就爱管闲事。"

虽然是回来的第一餐，但我不希望这顿饭吃得太久，因为说完了叶子，就该轮到我了。不出所料，我爸放下酒杯，把视线转移到了我的身上。

我清楚他想要说些什么，于是抢在他开口前放下碗筷，示意自己已经吃完了。我爸兴味索然地收回目光，重新拿起面前

第一章　故乡

的杯子，一口喝干了里面的酒。

他要保持沉默了，我就知道会这样。或许我们家的人都不擅长表达，我如此，我爸爸如此，甚至我爷爷也如此。不过他们二人还算幸运，找到了足够理解自己的另一半，比如此刻忙着劝我再多吃点的慧姨，也比如，我的奶奶。在我小的时候，我爸曾不止一次地翻出奶奶年轻时的黑白照片，然后指着上面模糊的轮廓告诉我，他妈妈当年是整个生产队最漂亮的女人。后来我才渐渐明白，他的夸耀多少有些遗憾的成分在里面。我爸同我一样，从来没有见过自己的母亲。奶奶是在生他的时候难产过世的，爷爷一辈子都没娶过第二个女人，我爸也因此成了林家的独子。

而今，说回我自己，我原本是有一个女朋友的，她叫孙璐——直到现在，我们一家人仍旧对这个名字讳莫如深。其实我和她的故事并不复杂，我俩在高中时期确立了恋爱关系，毕业后又靠电话维持了三年的异地恋，直到去年冬天，我向她提出分手。

两天之后，也就是除夕当日的夜里，她被发现倒在空旷的街道上，四溅的血液已经结成了冰。正是这摊凝固的血迹，一时间打破了小城的寂静，也成了人们茶余饭后的谈资。毕竟，不是每年除夕都有人跳楼的。人们总愿意为除了自己以外的生命扼腕叹息，认识的、不认识的，相干的、不相干的人们，统统踊跃地参与进来，猜测着她从楼顶跃下的那个瞬间，心中有怎样的不甘与悔恨，感叹着她有好的前程，有大把的青春年华，有无数种可能的人生，却为了一个莫名其妙的男朋友丢下这些精彩而匆匆落幕，这是多傻的一件事情——至于那个倒霉的男生是否为此自责，谁在乎呢？

4

晚饭过后，我把自己关进屋子。反锁上房门的一瞬间，我不禁在心中嘲笑自己，不过是一条短信而已，怎么搞得这么神经质。

我不相信这世上会有阴魂不散这一说，那是叶子才会怕的东西。我只是想知道，到底是什么人出于什么样的目的，搞了这么一出无聊的恶作剧。所以眼下，我需要有人帮忙。在迁遥，我还保持着联系的朋友不多，但只要我愿意尝试，办法总归是有的。

夜幕下，这座北方的小城已悄然入睡。不同于大城市的喧嚣，迁遥的夜是静的，空旷，没有杂念，连月色都透着一股清冽。我感受着自己呼吸的频率，在这万籁俱寂的时刻辗转反侧——失眠已是我过去一年的常态，况且我也早就习惯于此，太渴望入睡反而事与愿违，就像所有货真价实的困意，往往都是在人们不愿闭眼时降临的。

在时针走了四分之一圈后，我终于徒劳地从床上坐起身。

第一章　故乡

其实早在几小时之前，我就已经预料到了这个结果——我会拿起床头的手机，然后随手点开那条短信，一边自欺欺人地酝酿睡意，一边胡思乱想直到天亮。近来的每个不眠之夜，我都会不自觉地重复这个行为。甚至连我自己也说不清，为什么要去揣测那些根本无从揣测的东西——哪怕在翻阅了无数次之后，我仍然忍不住一遍又一遍地浏览它——即便信息的篇幅不长，全部内容只有两个字：凶手。

第二章　父与子

5

我回到家中的第二天，迁遥迎来了一轮大幅度的降温。

北方的冷，是那种决绝的、不留情面的冷。寒风一道道划在脸上，切割着暴露在外的肌肤。透过不住打战的齿缝，连呼出的空气也变得锐利起来。尽管还没做好面对严寒的准备，但为了解决那条恼人的短信，我不得不硬着头皮走出家门。

当然，这个家里有人远比我走得早。譬如我爸，他在我曾经就读的那所高中教数学，这几天是学校的期末考试，所以他比平日更加地早出晚归。这就意味着，倘若时间拿捏得准确，我便可以避免与之碰面。

我知道，我爸打算找我谈谈。我也知道，他要和我谈些什么。可能所有为人父母的教师，都有一种错位的责任感，觉得自己有义务替子女规划人生。我爸就是这样。他一心想让我回到迁遥，

第二章 父与子

甚至自作主张，托人给我联系了工作。我还知道，一旦他向我提出这个要求，我就会毫不犹豫地拒绝他。而后，我们两个争执一番，什么也解决不了。

或许我说得有些绝对，但事情的大体走向不会相差太多。因为早在七年前，这种情节就已经上演过一次了。记得当时我正在迁遥二中读高一，临近期末，学校照例进行文理分班。我想要学文，我爸则希望我进入理科班，而他会申请做我的班主任，这是他一早就安排好的。我没有当面提出反对，况且他也不允许我反对。死板而固执的人大抵都是如此，他们坚持着令人费解的准则，打着关心的名号去强迫别人。只不过，我爸却不是这么认为的。长期的教学生涯让他觉得，所有事都能像推演函数一样被导出结果，所有人都能如解析几何一样被归纳分类。然后，他就在那些代表着所谓真理的答案中确信了，自己是对的。正因为我清楚这一点，所以我爸越让我学理，我就越要学文。如果不是他非要插手的话，我也不会那么坚决地在志愿单上选择文科。我事先已经猜到，我爸知晓后一定会火冒三丈。但我没猜到的是，他居然动用老师的特权，将我的志愿改了过来——直到一周以后，那张被篡改过的志愿单，流转到了我的课桌上。

提及那天下午，我仍然记忆犹新。在得知分班结果的下一秒，我头也不回地冲出教室，任凭班主任在自己身后呼喊。我死死地攥着手中的表格，胸膛里像是烧着一团火，这团火点燃了我飞奔而过的走廊,一路烧到我爸正在上课的高二班级。没有一丝迟疑地,我用身体生生撞开了教室门,并在巨大的响声中喊出他的名字:"林长青!"

屋子里顿时鸦雀无声,整班人目光灼灼地望向我。不知是因为我打扰了他们上课,还是因为我撞坏了那扇门。不管了,我没心情去分析这个。唯一不为所动的,反而是这名字的主人——我爸朝门口瞧了一眼,估计已从我的表情上猜出了大概。他捏断手中的粉笔,轻描淡写地说了句:"你先去上课,有什么事回家再说。"

学生纷纷放下书本,似乎是在等我表态。我知道他们不想我走,他们也知道我不会走。有几个人的神情简直称得上是期待的,生怕一眨眼的工夫就会错过好戏。我站在原地,对着讲台问:"是不是你改了我的志愿?"

"对,是我。"我爸将半截粉笔丢掉,神色自若,"男生学文不合适,还是学理科好,将来也好就业。"

我懊恼地攥紧了拳头,这不是我想要的回答。他不明白问题到底出在哪里,他不明白我为什么会站在这儿,他不明白这根本与选择文理无关。一片沉默中,我愤恨地问:"你凭什么替我决定?"

"我还要上课,你别在这里闹。"他转过身,不紧不慢,继续在黑板上画着坐标系。

第二章　父与子

那个事不关己的背影让我怒上心头,好像我的出现不过是件无所谓的事情。我再也忍不住,当着所有人的面,狠狠地撕碎了那张志愿单,然后朝讲台用力地扔了过去。在四散飘落的碎片中,我一字一顿地重复着:"林长青,你凭什么替我决定?"

如我所料,那一地的纸屑成功激怒了对方。反正我也没想要找他理论,一开始我就是来示威的。在我爸抓起教鞭扑过来的一瞬间,前排的学生连忙冲上去拦住了他。我昂起头,毫不示弱,看着他一边挥舞教鞭,一边气急败坏地喊:"就凭我是你爸!"

直到如今,我仍对这句话保持着本能的厌恶。其实仔细想想,这个回答似乎不存在什么逻辑。然而可悲的是,那天在场的所有人,甚至包括我,都觉得这个解释是成立的。

在被教导处停课一周之后,我终究还是迈入了理科班的教室。不过我爸也没有完全如愿,他放弃了接管我们班的念头。因为我在撕碎志愿单的那一刻,便开始了漫长而无声的抗争——直到现在,我仍然拒绝与我的父亲交谈,即便是在迫不得已的情形下,我也绝不会在开头加上称呼。换言之,我已近七年没叫过他一声"爸"。或许这听起来有些不可思议,但如果你试过,就会发现这没什么难的。人就是这样,哪怕只是从赌气开始,时间久了,也可以成为怨恨的理由。

话虽如此,事情的走向却没有因这个插曲而改变。在那之后的许多年里，我依旧在我爸规划的道路上按部就班地行进着——就读他挑选的位于南方的大学，进入他看中的土木工程专业，甚至在屡屡碰壁的求职过程中，按他的意思买好了回家的车票。可能我就是那种时刻想要飞上天空，却又没什么本事冲出樊笼的人。然而，就当我准备回到迁遥的时候，转机出现了，一家大型企业向我抛出了橄榄枝。我至今也没有搞清楚，作为一名普通院校的普通学生，自己为什么会被这家公司看中。于是只好固执地相信，那是上天赐给我的机会。好在这份工作并没有让我失望，它为我提供了留在南方名正言顺的理由。当然，我之所以不愿意回来，除去工作方面的原因，更是想证明给我爸看，就算没有他的帮助，我一样能够安身立命。

"其实你这次回家，你爸虽然嘴上不说，但心里还是高兴的。"慧姨抱来几本新书，摆在我身旁的书架上。

我故意装作没听见，默默帮她把书摆好。这家书店，慧姨已经经营了二十年。马路的斜对面就是我的母校，只不过，来往的学生已经换了一批又一批。闲暇之余，慧姨喜欢在这里进行一些创作。也许她在专注于某件事情的时候，可以暂时忘却疾病带来的烦恼。每天坐在窗边读书写字，看着迁遥二中的孩子上学放学，已经成了她最惬意的事。

"今天早上，你爸送我的时候，我就看出来了，"慧姨兴味不减，自顾自地说着，"他知道你爱吃鱼，还说要去买来着。"

第二章　父与子

"他当然高兴，"我哼了一声，"正好可以借这个机会把我留在这儿，他怎么会不高兴？"

"话也不能这么说，什么事情不能商量嘛。再说这都多长时间了，你们两个也不能老是这样，"慧姨摇了摇头，语重心长地说，"你爸都是为了你好。"

我将最后一本书码放整齐，同时暗暗叹了一口气。慧姨的话没有错，可这不能成为理由。我何尝不知道他们想给我好的，但那并不是我想要的。只可惜，我没办法跟他们解释这些。慧姨不会不明白其中的道理，说到底，她还是向着自己的丈夫。

"这段时间，我和你爸商量着，除夕去祭奠一下孙璐。"慧姨犹豫一下，终于向我问道，"你要去吗？"

"我就算了吧，她不会想见我的。"

"也好。"慧姨的神色有些飘忽，"我们也没考虑太多，就是想表达一下歉意，没有什么别的说法。"

我把脸转向窗外，不知该怎么往下接这句话。幸亏对方无意间抬起头，瞟了一眼墙上的时钟，"糟糕，快中午了。"慧姨指了指街对面的餐馆，"走，咱们去吃点好的。"

"今天就不了。"我像是得救了一样，抓起外套对她说，"我约了朋友。"

6

迁遥二中附近有很多生意兴隆的商铺，其中以校门口的甜品店最为红火。我上学那会儿，这里往往一位难求。哪怕到了现在，当初的校友也会常来坐坐。距离约定时间还有十分钟时，我推开店门，却意外地发现对方已经到了——赴约的女孩叫余倩，是我的高中同学。客观地讲，在当年的一众"歪瓜裂枣"之中，余倩的长相与性格还算入眼。不过班上的男生都不愿意招惹她，因为她父亲是学校的教导主任，换谁都不想往枪口上撞。我自然也不例外，乍一见面，差点儿没认出她的样子。为了掩饰自己的尴尬，我只得故作惊讶地感叹："几年不见，变漂亮了。"

"真会说话。"余倩端坐在对面，表情得意，"你也变了，变得油嘴滑舌的。"

"最近怎么样？"我想既然是久别重逢，主动一点总是没错的。

"还能怎么样？"她闷闷地说，"咱们这些同学，回到迁遥工作的都一样。"

"可是我听人说，你发展得不错。"我把点心推到余倩面前，"在通信公司上班，好差事啊。"

"哪有，毕业头两个月还待业在家呢。"她咬着勺子，轻轻地笑了，"后来听说通信岗位招人就考了一次，结果歪打正着了。"

第二章　父与子

正是这个绽放的笑容让我领悟到，原来那些在学生时代看似平凡的女生，虽然不会给人第一眼的惊艳，却各有风韵。这是很难得的东西，与欲望无关，只是一种纯粹的舒服。只可惜，当初的我们还看不透这一点。谁让男人年轻时都是贱骨头，生来就喜欢那些晶莹的、易碎的，高高在上又求之不得的东西。

咖啡的味道淡了些，但不妨碍我们叙旧。在斜对桌的男生喝掉第二杯饮料时，我终于迟疑着开口："其实我这次约你出来，是有事情要你帮忙。"

"我就知道，"余倩放下杯子，悻悻地说，"不然你也不会主动联系我。"

"你能不能帮我查一下这个电话？"我递过去一张字条，然后又补充了一句，"很重要。"

她面露难色，小声对我说："这是违反规定的。"

短暂的沉默过后，我表示理解："好吧，不勉强你。"

"等等，让我想想办法。"余倩态度一变，把字条攥在手里，"你想要查什么？"

"这取决于你，看你能查到什么。"

"我刚入这一行，能接触的东西不多。找出使用记录可以，不过内容什么的，我就无能为力了。"

"足够了。"我说，"那就麻烦你帮我查一下，最近都有哪些号码跟它联系过。"

"好，我尽力。"

"我先在这儿谢谢你了。"

"欸，这个号码的机主是谁啊？"

"一个朋友。"我含糊其词地回答。

"好吧，"她听了，意兴阑珊，"你不想说就不说了。"

"还有一件事，我想问一下。"

"什么？"

"坐在斜对桌的那个男的，从刚才就老往咱俩这边瞄。"我微微侧过头，递给她一个眼色，"你认识？"

"嘿，让你发现了。"余倩有点不好意思，羞涩地摩挲着头发，"那是我男朋友，听说我来见别的男生，有点不放心就跟过来了。控制欲太强，没办法。"

"这说明他在乎你，是好事。"言罢，我才发觉自己对她的近况一无所知，便问，"怎么认识的？"

"说起来都没意思。就是比我早一年入职的同事，实习的时候带过我，后来就在一起了。"她说完这番话，把目光转向我，"你呢？有什么新闻没有？"

"你不是知道嘛。"我苦笑，"去年冬天，闹得沸沸扬扬的。"

"听说了，那件事对你影响不小吧？"

"还行，没那么严重。"

"你这个人，就是嘴硬，"她表情复杂地凝视我，"什么

第二章　父与子

事都藏在心里，也不和别人说。"

"你还挺了解我。"我冲她笑了笑。

"那当然，高三那年，咱们还做过很长时间的前后桌呢。"

"有吗？"我摇头，"我怎么不记得？"

"那是因为你根本就没在意。"余倩出神地盯着我的杯子，仿佛在和冷掉的咖啡对话，"你知道吗，其实上学那会儿，我还是挺看好你的。"

我尴尬一笑，移开了视线，转而对她的杯子说："今天你男朋友算是白来了。"

7

我坐在返程的出租车上，听着司机把调频键戳得叮当作响，直到定格在本地的广播频道才终于罢手。我之所以会坐进这辆车，完全是因为结账的时候，忙于翻找零钱而错过了公交。甜品店的收银员苦着一张脸，不耐烦地看我将钱包翻来翻去，让我有那么一瞬间，险些坦白自己的零钱在外衣兜里——没错，我就是在故意拖延时间。或许是因为我刚才和余倩聊得久了点，导致她男朋友的神色有些不悦。照这个情形下去，两个人回去免不了要吵一架。起初我认为自己有责任去澄清一下，可又觉得那样做反而会显得心虚，索性就找了个借口耗在前台，这样既可以给余倩留出足够的时间解释，又能够避免同二人产生过多的言语交流。我唯一要做的就是瞅准时机，在他们离开之际道个别就好。事实证明，我的这套计划堪称完美，除了错过外面驶过的那班公车。

气象台的主持人通过广播告诉我们，下周末迁遥会有一场十年不遇的大雪光临。这很好，我已经快一年没见过家乡银装素裹的样子了。

出租车一路向北行驶，经过了迁遥旧时的中心。街道变得越发狭窄，建筑也跟着褪了色。由于地方发展得不均衡，迁遥被分割为两个城区。我们所在的旧城区面积不大，更算不上发达，甚至在肃杀的严冬中显得有些荒凉。倒是近几年，不断有开发商从新城区涌过来修建高层。这些高大的楼宇极不和谐地散落在老城区的各个角落，像是某些根植于旷野中的植物那样，野蛮地生长着、挣扎着，仿佛拼命想要摆脱这种荒凉，显得与周遭的街道格格不入。

也许是我看着窗外发呆的样子让司机误以为我是外地人，刚刚我就发现，这辆车错开了我来时的方向，正有恃无恐地绕着远路。不过，我并不打算拆穿他。因为窗外那片老旧的住宅区，是我小时候常常会来的地方。突然之间，我开始怀念，我想看看这里现在的样子——就在我这么想的时候，泛黄的车窗外面，有一抹粉色闯进了楼群。下一秒，我急忙转过头，叫司机停了车。

我觉得自己没有看错，那个一闪而过的身影，是叶子。

第二章 父与子

8

放眼望去,昔日的小区已是一片残垣断壁,只剩下几栋红砖楼在苟延残喘。巨大的水塔沉默地矗立在高处,等待着被拆除的命运。大多数迁遥人,比如我,记忆中家最初的模样,就是这种老式的楼房。我很小的时候,常常会像这样仰望头顶的这片楼群。只不过在小孩子的眼里,楼房都是笔挺而高耸的。它们向阳而生,填补了天的缺口。如今,这些庞然大物早已不复当初的挺拔,反而在过去的二十年里,随着迁遥的城区一同老去了。

尽管如此,这里仍旧住有几户人家,否则叶子也没理由来了。这些人守着我眼前的这幢建筑,成了街坊口中那些令楼盘开发商咬牙切齿的"钉子户"。我在摇摇欲坠的雨棚下站定,外墙上醒目的"拆"字提醒着我,这是一栋彻彻底底的危楼。不用看也知道,里面的生活比外面精致不到哪儿去。推开那扇破旧不堪的单元门,斑驳的油漆一片片脱落下来。我踩着满是尘土的楼梯,沿着阴暗的走廊几兜几转,最终在一户门前停下脚步。

锈迹斑斑的防盗门半掩着,门缝中飘出刺鼻的酒味。我确信叶子就在里面,因为许多年以前,这个地方曾是她的家。现今透过缝隙看去,门后已换了一番光景。视野所及之处堆满了垃圾、破碎的墙皮、破碎的酒瓶,甚至连气息都是破碎的。叶子站在屋子的中央,一边仔细地将几件衣物打包,一边对着卧室的方向说:"那些秋天的衣服,我送到了对面的洗衣店,钱已经付过了。明天你拿着单据,直接去取就行。"可能是见对方没有反应,她重重地叹了一口气,"你少喝点酒吧。"

我屏住呼吸,用力地推开门。随着刺耳的摩擦声响起,墙边的酒瓶被撞倒在地——我知道叶子听见了,我是故意的。

她随即转过头来,看见了门口的我。四目相对的一瞬间,叶子失措地退了一步,全然不知手中的袋子已散落在地。过了好一会儿,她才有些慌乱地叫了一声:"哥。"

"你在这儿干吗?"我明知故问。

"我,我刚刚顺路,就过来看看。"她来不及撒谎,语无伦次地应着。

"你还来找他做什么?"

"我只是……只是来帮他收拾一些东西。"

"那不是你的事。"我上前一步,去抓她的手腕,"跟我走。"

"哥,你别管了。"叶子摇了摇头,躲开了我的手。

就在我们一退一让的僵持中,一个中年男人摇摇晃晃地从卧室里走出来,瘦削的身形在阴影的笼罩下,如同风中的一根枯木。

"我还以为是谁呢,原来是林家的小子。"他开口伴着令人作呕的酒气,让我打心底横生出一阵厌恶,真看不出叶子和他到底有什么相似之处。

第二章　父与子

他眯起通红的双眼，醉醺醺地对我说："回去告诉林长青，我在这儿好得很，还轮不到他儿子来耀武扬威！"

"你自己告诉他吧，现在我们要走了。"我懒得理他，抬手扼住叶子的胳膊，不由分说地把她拉到外面。

散发着陈腐气味的走廊里，脚步的回音异常清晰。我不顾叶子的反抗，拽着她磕磕绊绊地走下楼梯。推开单元门的一刹那，冬日的冷风长驱直入，划破了我们周遭的空气，在阳光下扬起无数尘埃。

"哥！"楼道的尽头，叶子挣脱了我。

"你还管他干吗？"我不肯让步，挡在她身前。

"我不管他的话，就没人管他了。"

"那他管过你吗？"

"可是，"她哭了，"可他是我爸啊！"

叶子的这份善良让我无可奈何。我从小就看着她一次次将省下的零花钱送到这里，其中还包括慧姨在背地里接济的份儿。这个大家彼此心知肚明的秘密，哪怕我爸睁一只眼闭一只眼地默许，我也始终不肯接受。并非我无情，我只是不希望有人介入我们的家庭，更不希望她们母女被这么拖累一辈子。

在漫长的沉默中，飘浮的灰尘落回了地面，呼号的风声也渐渐停歇。我伸出手指，擦去了叶子的眼泪，对她说："走吧，咱们回家。"

9

自打见面的几天来,余倩一直和我保持着微信联系,但多是东一句西一句的闲聊。托她办的那件事情,暂时还没有什么眉目。不过对方既然答应了,我也不是特别担心。相比之下,叶子的状态就比较令人在意了,从那天回到家里开始,她就再也没有理过我。此外,假若我没猜错的话,叶子已经把来龙去脉说给了她妈妈听。因为这段时间,慧姨的言行举止也不是很自然,总是有意无意地配合我说话,颇有些言语安抚的意味。故而每晚的饭桌上,我都尽量避免同她过多交流。可偏偏事不凑巧,慧姨复查病情的那天,我爸正忙着在学校批阅试卷,只好由我驾车前往医院。于是,托慧姨的福,我见到了叶子口中的那个长得很"丧"的沈大夫。虽然没有她形容的那样夸张,不过从面相上看,确实是一个很无趣的人。

初次见面,沈大夫礼节性地打听了几句我的情况,又随口说了些"年少有为"之类的客套话。接着,话题自然而然地落到他儿子和叶子的身上,两位家长兴致勃勃地商量着,什么时候撮合孩子再见一面,什么时候双方父母一起吃个饭。总之,我觉得这间屋子里,已经没自己什么事了。

我悄悄从门诊室退至楼梯间,将窗户推出一道窄缝,不声不响地点燃了一根烟。

每次来到医院,我都会驻足于此张望一下——窗外是一栋

第二章　父与子

六层高的住宅楼,外墙的颜色像是近期粉刷过。从这里可以清楚地看见对面楼顶的天台,以及天台上那块写着"老年公寓"的牌子。等到了夜晚,牌子上的霓虹灯管就会泛出蓝光,与迁遥人民医院的红十字交相辉映,点亮附近所有的窗户——这个场景我再熟悉不过了,因为就在其中的一扇窗里,摆着我爷爷曾经住过的床。

说起我爷爷,那是公寓里所有护工的噩梦。他脾气急躁,性情执拗,尤其不待见自己的儿子。爷爷出生在关里,年轻时当过兵。改革开放以后,他和几个战友合办了一家木器厂,定居在迁遥的郊区。后来木器厂散伙,爷爷卖掉了房子,住进这个老年公寓。我爸多次想要接他过来一起生活,却无一例外地被老爷子拒绝了。去年腊月二十三,也就是北方农历的小年,爷爷因心脏病发作去世。或许他生前也不曾想到,只在短短的几分钟内,那条横在公寓出口与医院后门间的巷子,便成了划分自己生死的界线。

如今,这条小巷比当初冷清了许多,两旁的摊贩也早已不见踪影。过去,我是指这里还很热闹的那几年,在探望我爷爷之余,我常常会跑到老年公寓的楼顶,观察下面各个摊位前形形色色的顾客。站在高处向下望去,很容易凭空生出一种俯瞰人间的错觉。不过,我想现在应该不会再有人踏足那里了,尤其去年冬天的那个消息传开了以后——或许这样的表述,容易让人误会是在说我爷爷，但实际上，我指的是上个除夕夜发生的事情——没错，那处天台就是孙璐坠楼的地点。这也解释了下面的摊贩为什么会选择集体撤走，死过人的地方难免会令他们觉得晦气。

"喂，别在这儿抽烟！"一个护士经过，皱起了眉头说，"真是的，不知道医院里不能抽烟吗？"

"不好意思。"我赔了个笑脸，连忙把烟掐了。

"烟头收起来，别乱丢。"她撂下话，准备离开。

"哎，我想问一下，"我叫住她，指了指沈大夫的诊室，"这个科室，每天都有人值班吗？"

"当然有了，哪个科室能没人值班？"

"那你知道，去年除夕是谁在这里当班？"

"你这人可真有意思，这都快一年了，我哪儿记得清？"对方不再理会我，径直走了。

"也对。"我笑了一下，算是自嘲。

"欸？"她走出几步忽然停住，转过身向我问道，"前一阵子，你是不是来打听过这个？"

10

"下星期一，就是你爷爷的周年了。"慧姨走到诊室外面，按下了电梯的按钮。

第二章 父与子

"那这周末,咱们是不是要提前准备一下?"我问。

"嗯,晚上我跟你爸商量一下。他今天只是去批卷子,下班肯定会早一些。这几天学校也要放假了,正好去买点香烛什么的……"或许是经常惦记着这些琐碎事情的缘故,慧姨现在说起话来也有点琐碎,"一提学校我才想起来,就在刚刚,我遇到你们二中教导处的余老师了。"

"他怎么在这儿?"我很奇怪。

"好像说是神经痛,过来做检查的,具体情况我也没怎么问。唉,希望没什么事吧。那么好的一个人,当初对你也挺照顾的。"慧姨一边感叹着人生无常,一边缓缓步入电梯,"对了,我记得他女儿跟你好像是同学吧,你们还有联系没有?"

"你说余倩?"我跟了进去,"倒是还有点联系。"

"那小姑娘有男朋友吗?"她听了我的回答,一下子八卦起来。

"慧姨,你就别操心了。"我伸出手指,选择了楼层,"再说,等过完年我就走了。她有没有男朋友,跟我有什么关系啊?"

"留下来的事情,不考虑一下了?"

"没什么好考虑的。我爸就是爱管闲事,什么都要插上一脚。反正我不会再听他的了。"

慧姨沉默半晌,突然说了一句:"其实这件事,是我的意思。"

"嗯？你的意思？"我转过脸，以为自己听错了。

"对。你爸只是听了我的话，是我希望你能够留在迁遥。"

"我不明白，为什么啊？"

"因为病，我身上的病。"她的声音听上去沙哑了些，语气却越发平淡，"这个病到底会怎么样，现在还说不清楚。也不知道还能这样安稳多久……我的意思是，事情总得做最坏的打算。你爸年纪也大了，叶子早晚会嫁出去。这个家里，怎么也得留个能主事的人。"

"慧姨，你想太多了，"我看着她，"哪有你说的那么严重，现在的医疗水平这么发达……"

"医疗水平再发达，也会有生老病死，"她打断我，"沈大夫说，我的症状很少见。尽管现在还没有发病，但说不好哪天就会恶化。这件事你爸不让我说，但我觉得应该告诉你。"

"那不是还没有定论吗。慧姨，你别自己吓唬自己。"

"不是我吓唬自己，是有些事情必须得考虑了。你爸这个人太倔，每天只想着书本上的那点东西。叶子又任性，没什么主意。你不一样，你心思多，懂得照顾人。虽然你们爷俩还较着劲，但我觉得这不算什么问题，看谁先让步而已。所以，我希望你能留下。万一我运气不好，将来出了什么事，至少还有你能关照着。"说到这儿，她叹了口气，"这么讲，可能对你不太公平。但是答应我，你考虑一下。"

第二章　父与子

　　慧姨这个人就是这样，她总是在为别人担心，这也恰恰是令我为难的地方。面对慧姨，我既没有叶子那样的身份与之对话，也没有足够的理由像拒绝我爸一样地拒绝她。一番斗争，我只好点头应下。
　　随着电梯的一声铃响，我们终于安然抵达地面。与此同时，我的手机也配合地振动起来，点开屏幕，是余倩发过来的一条信息："有结果了。"

第三章 十七岁的女孩

11

我将慧姨送回家后,便马不停蹄地去找余倩。她还有半小时下班,好在距离不算很远,只要路上不堵车,时间倒还来得及。

北方的冬天总是黑得特别早,昏沉的天空模糊了白天与夜晚的界线。不知是不是供暖导致雾霾日益严重的缘故,空气中似乎弥漫着一种倦怠的气息。我随手抽出一支烟叼在嘴里,心中盘算着走哪条路更近一点。可偏偏在小区门口撞见了我爸。他回来得比平时早些,手上提着两个食品袋。从对面看去,整个人被车灯拉成了一个细长的影子。

什么叫"冤家路窄",这就是了。

我爸看见我开的车子,有意向这边靠过来。我不愿在他身上浪费时间,情急之下便轰了一脚油门。他见状忙向一旁躲闪,手中的袋子掉到地上,一条鱼从里面跳出来,在他脚边不住地

第三章　十七岁的女孩

挣扎。

狭路相逢，比的就是谁更沉得住气。

自从回家到现在，我还没和我爸说过一句话。慧姨总结得不错，我们父子之间就是谁先让步的问题，只可惜那个人不会是他，更不会是我——信任是一种很脆弱的东西，再微小的力道也足以将其摧毁，一如当初他捏断的那根粉笔。

直到驶出小区的时候我才突然想起，那根香烟还被自己孤零零地衔在口中。于是我将车窗摇出一道缝隙，按下了早该按下的打火机。凛冽的寒风猝不及防地钻进来，把腾起的火苗吹得摇摆不定。回想起刚刚与我爸遭遇的情形，虽然只是空踩的一脚油，但多少也让我心有余悸。指间忽明忽暗的光亮提醒着我，倘若自己当初没有冲进那间教室的话，我们父子也不至于像现在这般水火不容。当然，这些都是后话了。从生活境遇的层面上讲，那个举动对我的改变还远远不止于此，如今看来，影响之大说是翻天覆地也不为过——要说清楚这个并不是一件容易的事，尽管出于细节的考虑，我不得不旧事重提。而这一切，都要从那个天气微凉的傍晚说起。

那是七年前的秋天，距离我将那团碎纸丢向讲台的瞬间，已经过去了三个月。我进入了高二的理科班，忙于同各种定理打交道。那些烦琐冗长的公式，日复一日地折磨着我并不发达的左脑。我爸任课的班级搬去了高三的教学楼，平日里我很少在学校遇见他。故而我们之间的争执,暂且算是告一段落。包括我撞开门的那声巨响,也在每周的例行早会中,渐渐被大家淡忘了。

不过,凡事都有例外。

一天晚餐时段,我在学校的食堂窗口打饭,身后的长龙一如既往地喧闹。正当我转身准备去找座位时,却被队伍中的一个女生拦住了。她仔细地打量了我一番,然后问道:"你是不是林老师的儿子?"

"是我,怎么了?"我点点头,很是疑惑。

不想对方立刻换了一副面孔,气势汹汹地对我说:"好小子,总算让我撞见了。"

"咱们认识?"

"你不认识我,我可认得你。我们班的门就是你撞坏的!"

我恍惚一下,明白了对方的来头:"那天我一时冲动,不好意思。"

"我还没说完呢,你去我们班闹的那天,知道是谁值日吗?"

"值日?"我一头雾水。

"你倒轻巧,扔一把碎纸就不管了,那些垃圾都是我扫的。"

"那真是对不起,我当时没想那么多。"

"一句对不起就完了?"她毫不退让。

"不然,我请你吃饭?"

第三章　十七岁的女孩

"一码归一码，你请我吃饭算怎么回事？"

"那你说，我怎么补偿你？"我无奈，"总不能替你去值日吧？"

"这样吧，"她忽然诡秘地一笑，像是早已有了主意，"你去我们班跟你爸再吵一架，我就不追究了。"

"啊？"我听得一愣。

"不瞒你说，其实我们一直盼着这件事呢。"她看着我越发诧异的脸，慢悠悠地解释，"自打那次之后，班上的人已经很久没见过林老师失态了。"

"这个我可帮不了你。"我哭笑不得地说，"我们现在没什么交流，连架都不吵了。"

"哦，"她撇撇嘴，顿时没了兴致，"那算了。"

我指了指一旁的座位："那，我走了？"

"等等，"她叫住我，"你还是请我吃饭吧。"

于是，当我多年后再度回忆起那天的情景时，就可以顺理成章地总结道：自己是在迁遥二中的食堂认识孙璐的。印象中的那个晚上我们俩交谈甚欢，一直聊到上课铃响才相互道别。那是我第一次意识到，这个十七岁的女孩并不像她表现得那么凶，反而一颦一笑都饱含令人向往的愉悦。我想所谓的一见如故，大概就是指这个吧。

很自然地，在接下来的几个星期里，我和孙璐时常会凑到一起吃饭。其实相比心血来潮的男欢女爱，这种无关风月的默契更为难得。我也是和她熟络了以后才发现，我们二人不仅喜好相近、心意相通，就连成长背景都神奇地相似。我没见过自己的生母，孙璐的父母也离婚了。她住在距离我家两条街远的地方，跟着自己的父亲一起生活。但我终归比孙璐幸运那么一点，至少还有慧姨照顾日常起居，而她的爸爸是一名民警，平常很少有时间回家。长期的独自生活让孙璐比同龄学生要跻弛得多，因此她经常会去做一些我不能或是不敢做的事情。她曾拉着我偷偷去校外的网吧，发送举报学校补课的匿名邮件，也曾叫我连续逃掉几节晚自习，只为了陪她跑到楼顶去看流星。或许按照我爸的标准评判，孙璐算不上一名好学生。可对我而言，她却是一个有趣的玩伴。班上的一些八卦好事者认定，我和孙璐早已是成双入对的情侣。但实际上，我们不过是偶然相遇的一拍即合的旅人，约定搭伙走过未来漫长路程中的一段，仅此而已。人生所贵在知己，我们心里都清楚这个。

"还有七个月，我就要离开这里了。"在教学楼的楼顶，孙璐这样对我说。

"你打算报哪所学校？"我随她看向头顶的夜空，等待着那里被流星划过。

"还没考虑好，不过我要往西走，去西部的城市。"

"为什么？"

第三章　十七岁的女孩

"因为那里离这儿远啊，远的地方就很荒凉，荒凉的地方都浪漫。"她伸了个懒腰，不急不缓，"古诗里都是这么说的。"

"那也犯不着跑去那边上学吧？"

"你知道吗，喜欢一个地方最好的方式，就是把自己献过去。这跟爱情是一个道理，图的就是个轰轰烈烈。"她眼睛一亮，转而问向我，"你呢？有什么想去的地方没有？"

"没有，我对外面的世界没什么兴趣。"

"你仔细想想，从小到大，总不能连一处喜欢的地方也没有吧？"

"这么说的话，当初我爷爷经营的那家木器厂算一个。我要是老了，就回到那里盖一间房子，再也不走了。"

"真是，想不到你这个人居然这么没出息……"她忽然兴奋地拽了拽我的衣袖，指着夜空中的一条白色轨迹，"来了来了，快许愿。"

远处，细小的亮点斜掠而过，迅速地冲破黑暗，迅速地归于黯淡。美好的东西都是转瞬即逝的，或者说，耀眼的短暂只为了诠释绚烂。

"你许了什么愿？"孙璐问。

"这时间也太短了，我什么愿望都没想起来。"我摊手，"你呢？许了什么愿？"

她眨眨眼，对我嫣然一笑，说："秘密。"

追逐浪漫的人就是这样，总喜欢将自己的希冀寄托在那些虚无缥缈的东西上，哪怕对方只是一块石头——流星带来的好运大约持续了二十个钟头，直到第二天，有人将我和孙璐逃课的事情告诉了我爸。

事发当晚，我爸就招呼上教导处的余主任一起，在学校的食堂里把我们堵了个正着。可能女方恰好是自己学生的这个细节，让我爸觉得我是在挑战他的权威。因此，当时在场的所有人都目睹了，高三的林老师怒不可遏地拍打着桌子，勒令我从今往后不准再与孙璐联系。此举当真可谓是大义灭亲，造成的直接后果除了全校的通报批评以外，还有家长到校和停课三天的处分。在那个强行塞给我的假期里，慧姨及时加入调解的行列，算是勉强缓和了失控的局面。她留在家中一遍又一遍地、不厌其烦地劝诫我，别为了一时痛快耽误自己的前程。似乎在他们大人的眼里，早恋这回事从来都与年龄无关。可惜，家里人显然低估了我反抗的决心。面对我爸的极力阻止，我索性将错就错，正式与孙璐谈起恋爱——我承认这不是一个经过深思熟虑做出的决定，我只是想亲自动手，把自己被那张志愿单夺走的权利勾选回来。

就这样，孙璐期待的轰轰烈烈的爱情终究还是提前到来了，当初那些捕风捉影的传言也终于得以坐实。我们每天都并肩出现在校园里最显眼的地方，很快便将彼此的关系挑明到尽人皆

第三章　十七岁的女孩

知的程度。热恋之初，我曾问过孙璐，有没有后悔答应我的表白。她却答非所问，对我说："你知道吗，我第一次看《乱世佳人》的时候，就觉得郝思嘉才是女人该有的样子，因为总有一个死心塌地的男人肯为她赴汤蹈火。那么你呢？林宇谦，你愿意成为白瑞德那样的男人吗？"

"其实，我没听明白你在说什么。"我挠挠头，"白瑞德是谁？郝思嘉又是谁？"

"不错，你有这个潜质。"她笑声爽朗，"再过一会儿，天就要黑了，我猜你不喜欢今天的晚课，对吗？"

坦白讲，孙璐的配合令我有些意外。因为对方绝不是那种没人喜欢的女生，仅仅在同班就有一众追求者待命。可她明知这些人的存在却从不理睬，偏偏对我情有独钟。其实现在想想，这里面应该也有我爸的一部分因素。毕竟在一个十七岁的女孩子的世界里，跑到风口浪尖上与班主任儿子恋爱的情节，就已经可以满足自己为爱情奋不顾身的幻想了，更别说还有一屋子不明就里的观众。不过那时的我还不理解这些，只觉得人这种动物实在奇怪，总是忍不住摘下树上的果实，却又一次次将其命名为"禁忌"。

至于我爸，他自然而然地被激怒，这正中我的下怀。反正对一个正处于青春期的孩子而言，除了自己，也没什么能够用来威胁别人的武器了。我很享受这种明目张胆的挑衅，并将其视作对我爸的报复——当我肆无忌惮地向全校师生张扬着脸上的恣意时,气急败坏的林老师却打不出一张牌来扳回局面。闹剧随着情节的深入而愈演愈烈,那段时间,我致力于让自己成为一个坏学生。我和孙璐每周都会逃掉几节晚自习,有时是去附近的网吧上网,有时是去几条街外看电影,有时仅仅是单纯地想要逃课而已。幸而彼时余倩的父亲作为教导主任,碍于我爸的面子总会给我留些余地,平日里对于我和孙璐也多以批评教育为主,否则依照校规早该将我们开除了。但不可否认的是,我怀念那段时光。因为无所顾忌,所以无忧无虑。所有的海誓山盟都是年轻的凭证,我们以为只要把它紧紧地攥在手里,自己就拥有了青春的自由不羁,拥有了生活的不灭真谛,以及,拥有了爱情。

如果故事能够停留在这里,应该算个皆大欢喜的结局。但遗憾的是,生活中永远不会缺少考验,尤其是对感情的考验。比如猜忌和争吵,比如谎言与背叛,当然,也包括分手。促使我下定决心向孙璐提出分手的理由有很多,其中最重要的一个原因是,我劈腿了。

12

"查不到?"我难以置信地看着刚上车的余倩。

"对,我查过了。"汽车发动的一刻,她系上了安全带,"这

第三章　十七岁的女孩

个号码根本就没有人用。"

"不可能。"我脱口而出。

"你看看这个。"她递过来一张表格，上面印着几行小字。

我扶着方向盘，粗略扫了一眼："这是什么？"

"这是我从内部调出来的使用记录。喏，你看这里。"余倩的手指放在日期那栏，底部标注的是去年的时间，"这个号码已经停用快一年了。"

"不对，一定是哪里搞错了。"

"你不相信我？"

"我不是这个意思。"我无法道出那条短信的存在，只好简短地回应她，"算了，我再想想别的办法。"

我猜测一定是哪里出了问题，否则无论谁拿到那张电话卡，总会在使用的过程中留下痕迹。就在我这么想的同时，随着两侧车流的汇入，道路也渐渐变得拥堵。我不耐烦地按着喇叭，拐上了晚高峰的大街。

"你为什么不告诉我？"余倩突然没头没脑地说。

"告诉你什么？"我的某些神经像是被揪了一下。

她凑了过来，盯着我的脸："这是孙璐的电话，对吧？"

我本想胡乱编个借口搪塞过去，可最终还是迎着她的目光说："对。"

"已经过去一年了，你还是放不下？"

"没有，不是你想的那回事。"

"你可能是过于自责了。"余倩转过头，双眼望向窗外，"一个人精神压力太大的话，偶尔会产生幻觉或者幻听什么的。"

我怔了一下，差点笑出声："你是说，你觉得我疯了？"

"我没有拿你打趣。"后视镜里，她一副担心的表情，"我有一个朋友就是，家里的亲人去世以后，她总觉得对方打电话过来，注意力转移一下就好了。"

几个信号灯过去，路途开始顺畅起来。前车不再走走停停，夜晚也重新归于平静。对于余倩的关心，我还是很感激的。尽管我知道，她那个所谓的朋友根本就不存在。只不过，我终究没办法把一切都坦白，不是不想，而是不能。

"不说这个了。"我找准机会，把话题引开，"余老师在医院的情况怎么样？"

"你也知道了？"余倩拢起一缕发丝，轻轻地掖到了耳后，"我妈刚给我打过电话，说暂时没有什么大碍，只是还需要做一些常规检查。"

"那你怎么没去找你的男朋友？"

"我们分手了。"

"分手了？"

"嗯。他老是不放心我和别的男人联系，相处得太累了。"

经过一番纠结，我还是多嘴问了句："是因为我吗？"

第三章　十七岁的女孩

"不是,你别乱想。"余倩说完又短暂地沉默了一下,可能她也觉得这话没什么说服力,"好吧,我和你说实话。其实那天你约我出来,我是故意让他知道的。本来我们也很难继续了,只是谁都不肯先开口。这么下去对两人都没有好处,还不如借这个机会分手算了。所以说,还是你帮了我的忙。"

"原来如此,你倒是挺舍得。"

"感情这种东西就是债,到头来无非你欠我、我欠你,哪有那么多的好聚好散?"

"说得不错,我同意你的观点。"余倩的话让我想起了孙璐,一种莫名的酸涩从心底泛上来,"不过你也够厉害的,分了手一点都看不出来。"

"是吗?可能我这个人不念旧情吧。"

"话不能这么说,你只是不念他的情分而已。"我摘了挡,把车子停下,"好了,你到了。"

"谢谢你送我回来。"她解下安全带,伸手去开车门。

"哪里,"我跟她客气,"应该是我谢你才对。"

"对了,我想问你一件事情。"余倩紧紧地攥着把手,却始终没有下一步动作。

"你说。"我拉起手刹,等着她开口。

"过去的那些年,你有没有,哪怕一次,考虑过我的……可能?"

说这句话的时候，她眼中泛着微光，好似朝露。

13

小年那天，是我爷爷一周年的忌日。

迁遥有一个很奇怪的习俗，就是人们通常会在下午祭奠逝者。据说是因为午后时阴气转旺，便于和亲人的灵魂交流。说实话，我心里并不信这个。拜七年前的那张理科志愿单所赐，我已经成了一个彻底的唯物主义者。不过这个说法倒是对叶子影响不小，她在网上查阅了本地的各种异闻之后，果断决定买个护身符戴在身上。更惨的是，我爸和慧姨借着这个由头，一致要求她把头发染回来。叶子虽不情愿，但最终还是照做了。

其实这也不能全怪叶子，因为实事求是地说，爷爷对她算不上用心，至少远不及对我的偏爱。或许老一辈人难免重男轻女，可这又无法解释爷爷为何会对我爸如此失望。我不知道长久以来，爷爷是不是把奶奶的去世迁怒于自己的儿子身上。如果这个假设成立，那么我们祖孙三人代代相传的仇隙，真可谓是家族的印记了。

北方的小年也是送灶的日子，城郊到处散落着爆竹的碎片。我们一家四口带着祭品，驱车行至千萏湖以东。一座山在湖边拔地而起，被当地人称作龙背山。爷爷下葬的墓地，就位于山腰的位置。从那个地方向山下望去，可以看到爷爷曾经居住的

第三章　十七岁的女孩

小镇，那里几乎承载了我一半的童年时光。小镇的旁边是一片树林，我依稀记得其中坐落着一家神秘的大工厂，偶尔有统一着装的工人出入。等到了冬天，那些厂房就会变成神话中的冰霜城堡，凭借狂号的风雪隔绝人间。

　　林子的不远处，冻结的湖面像是一块嵌入大地中的白玉，在午后的阳光下熠熠生辉。很遗憾，我小的时候从不敢跑到千舀湖的冰面上玩，因为爷爷告诉我湖里有一条吃人的巨龙。按他的说法，早些年就有一个孩子差点因此丧命，幸亏自己路过才将对方救了下来——不知为何，爷爷总能将自己胡诌的故事讲得绘声绘色。不过他的担心也不无道理，当地经常有人去湖心破冰捕鱼，越是远离岸边的冰面就越危险。所以为了我的人身安全着想，爷爷才会编出这么一个传说。可惜大多数警告往往都适得其反，明令禁止的东西永远有人好奇。我一直幻想着开车从千舀湖的冰面上驶过一次，体验一下这种危险带来的刺激。我能想象得到，当灾难降临之际，脚下的冰块瞬间分崩离析。接着，吞噬一切的声音在耳边响起，那便是巨龙的怒吼。

　　我猜，老爷子如果听说了我的这个念头，多半会气得跺脚。不知爷爷到了那边会不会遇见依然年轻的奶奶，也不知奶奶还能否认得出先于自己老去的爷爷。但我打赌，奶奶若是知晓爷爷对他们儿子的作为之后，气到跺脚的人就要换成她了——爷爷为了不给我爸留下遗产，提早将自己多年的积蓄花了出去。

就银行提供的账户明细来看，他曾于去年一次性支出过全部存款。然而，爷爷的钱到底花在了何处，我们并不清楚。想来老爷子还真是至死不休，临走也不忘把自己的怨气带进土里。不过，用这种方式与自己的儿子较劲，爷爷也确实过分了点。

顶着山间的冷风，我们点燃了香烛。去年冬天，爷爷在这里下葬以后，奶奶的墓也迁了过来。那张小小的黑白照片，几乎是我们了解奶奶的唯一途径。不过也因此，我们才有理由去想象她有多么端庄贤淑。毕竟自古以来，英雄都要有美人相伴的——爷爷常常提到五十多年前，自己曾在西南边境见识过真正的战争。他说无数的炮弹倾泻而下的场景，就像是天空碎裂一般的震撼。即便到了现在，我仍然无法想象出那样的画面。战后，爷爷跟着部队一路北上，来到这片广袤富饶的平原。在和当下的我差不多大时，他遇见了千㴖湖边最美丽的姑娘。于是，走过了大江大河，闯过了关里关外，爷爷最终选择留在了这个地方。他们一起生活，一起劳动，一起走进林场的最深处采伐，日出而作，日落而息。再后来，爱人的逝去换来了孩子的新生。从此，异域便成了故乡。

下山的路被暮色镀上了一层光泽，晃得我的眼睛越发疲倦——昨晚我依然失眠至深夜，等到天光微亮才渐渐被睡意笼罩。一通电话在我半睡半醒时打进来，我瞟了一眼手机就再也无法入睡。然后，不待我点下接听键，铃声便戛然而止。看着

第三章　十七岁的女孩

屏幕上孙璐的名字，我心中不禁暗暗称奇——对面是谁暂且不论，但能想出这么个办法来对付我，还真是够别出心裁的。

坐在副驾驶座位的慧姨回过头，指着窗外对我和叶子说："这座山再往北的地方，有一座很大的道观，据说已有四百年的历史了。"

"很久远吗？"叶子向来对时间没什么概念，"四百年前是什么朝代？"

"明朝，万历年间。"慧姨不假思索地答道，"道观里有一个道士，算命特别准，迁遥的老人们都叫他尘然道长。"

"好耳熟的名字，感觉在哪里听到过。"我努力地支撑起眼皮，加入对话当中。

"如果没记错的话，叶子五岁那年，你爷爷请他给你们算过命呢。"慧姨的声音从前面传过来，听上去如催眠曲一般温柔，"现在道长很少露面了，但还是百测百灵，给钱也不收的。"

"有这么神？"叶子摆弄着手中的护身符，似乎对这种事情很感兴趣，"哪天我也去试试。"

"不用那么麻烦。"慧姨摆摆手，"前段时间我去替你算过了，顺便给沈大夫家的孩子也算了算。"

"算他干吗？"叶子脸色一沉。

"傻丫头，当然是算姻缘了。反正我觉得挺合适的，你们俩的八字也相配。正好这几天，咱们两家找个机会去吃顿饭……"

慧姨的说话声变得忽远忽近，在我的周遭起伏不定地飘着。夕阳在道路的尽头沉了下去，夹杂着困意的阴影开始蔓延。接着，它们透过玻璃涌进车内，排山倒海地向我袭来。

14

道长的意见自然要重视，所以两天后，我们与沈大夫一家见了面。

虽说这顿饭局是双方提前约定的，但在执行的过程中还是遇到了些许阻力。尤其身为主角的叶子起初就表现得很不情愿，以至于父母直接无视了她的抱怨。结果到了约定的日子，叶子躲在屋子里死活不肯出来——她妈妈说得不错，叶子实际上是个特别没主意的人，一旦遇到自己处理不了的事情，总是不管三七二十一，先找个地方躲起来再说。为此，慧姨难得发了一次火，算是年底的一大要闻。女人处理问题的方式与男人截然不同，我们爷俩之间的对峙往往伤敌一千自损八百，其中还是赌气的成分居多。而慧姨对叶子则丝毫没得商量，完全是一边倒的镇压。于是，叶子在象征性地坚持了一小时以后，最终还是乖乖地妥协了。

见到叶子走出房门的那一刻，慧姨紧锁的眉头当即舒展开来。她笑吟吟地催促对方去梳洗打扮，嘴上还不停地念叨着："不就是一起吃个饭嘛，又没什么坏处。"

第三章　十七岁的女孩

叶子就这样僵着一张脸，被父母一路架到了饭店，按她自己的话说就是"像在众目睽睽下赴刑一样"。

我有幸目睹了这个略显荒谬的场面，心想那个姓沈的小子到底哪来这么大福气，尚未露面就能在我们家有这么高的地位。直到那晚见到他本人以后，我才算多少找到一些理由——慧姨口中的这个"一表人才"的人叫作沈明昊，长相斯文，言辞谦逊。虽然和叶子同岁，却明显沉稳得多。待人接物更是彬彬有礼，知道老老实实地听大人说教，懂得规规矩矩地向长辈敬酒，就连碰杯的力度都恰到好处。总之，举手投足处处无可挑剔，难怪会令慧姨如此中意。

其实叶子也没有自己所说的那样反感，尽管她拒绝穿上自己最爱的"凯蒂猫"。叶子的抵触更多是来自家里人的态度，当然，她评价沈明昊的"土"也可能是一部分原因——年纪轻轻，穿一件老气横秋的衬衫也就算了，还非要一个不落地把扣子全系上，我看着都觉得喘不过气。

另一个我能肯定的事是，沈明昊对我妹妹颇有好感。因为相比在长辈面前的游刃有余，他与叶子的交流明显慢了半拍，不然也不会一本正经地赞叹对方："头发染回黑色，比之前好看多了。"

叶子翻了个白眼，恶狠狠地说："多谢夸奖。"

席间，除了家长里短，谈论最多的自然是两个孩子的前途。

比如沈明昊准备报考的公务员岗位，以及叶子前段时间参加的研究生考试——我也是最近才知道这个消息，如果我没猜错的话，让叶子考研的这个决定，是在某天傍晚的饭桌上，被我爸以建议之名提出来的。说不定他一时讲得兴起，还拿我作为反面教材举了例子。从而一顿饭过去，叶子就傻乎乎地点了头。好在她的成绩一直都不错，至少从小到大，学习这方面还没怎么让人操心过。这一点，她比我强。

"考研的成绩快出来了吧？"整个用餐过程中，沈明昊都在拼命寻找话题。

"还没呢，过了年的。"叶子不冷不热地说。

"这次参考的人是不是很多啊？"男方的父母一唱一和，"有没有把握？"

"我也不知道，完全没感觉。"叶子满脸无辜，"都怪驾校的教练，老是催我去练车，考不上也是他害的。"

"不提这茬儿我都快忘了，叶子还没拿到驾照呢。"慧姨说得不紧不慢，同时把脸转向沈明昊，"她开学那天得有人去送，也不知道我们有没有空……"

后者会意，连忙说道："我有空，我去送。"

"对，让他去办，男孩就得勤使唤着。"沈大夫倒满酒，敬了慧姨一杯，"可惜你家儿子在外地，不然我们也能帮帮忙，找一找合适的姑娘。"

第三章　十七岁的女孩

　　我在一旁无奈地笑笑，硬着头皮解释："现在还没稳定呢，我也没想那么多。"

　　哪知我无心的一句话，却让我爸找到了机会，他放下杯子缓缓开口："工作的事情办妥了，年后就留下来吧。"

　　我无意就这个问题与之争吵，便不做表情地答复他："再说吧。"

　　"该考虑了。"他不依不饶，"回来发展，怎么也比在外地强。"

　　"我现在不想谈这个。"我说，"怎么考虑是我的事，不用你管。"

　　桌上顿时多了几分剑拔弩张的意味。在短暂而尴尬的沉默中，慧姨急忙递给叶子一个眼色，于是两人默契地岔开话题，开始讨论哪道菜比较好吃。

　　眼前的这般场景，我早已见怪不怪。若不是碍于旁人的面子，我们两个势必要争执一番。为避免更大的冲突，我借故去了洗手间，打算抽支烟，耗一耗时间。

　　我一边按下打火机，一边默默地开导自己——无聊的饭局而已，不必在意。

　　"能给我一根吗？"沈明昊不知何时走了过来，摇晃着我放在一旁的烟盒。

　　我有些意外，感叹道："看不出来啊。"

"偶尔，偶尔而已。"他拿出一支，衔在了嘴里。

"怎么？"我叼着烟，替他点火，"不要你倒酒了？"

"和他们吃饭太累了，出来躲一躲，喘口气。"相比酒桌上刻意为之的老成，他私下反倒多出了一丝腼腆，"叶子总和我提起你，正好过来打个招呼。"

"她还和你说过我？看来你有戏啊。"我们很少跟外人提及家里的情况，甚至连叶子以前的同学都不知道，她还有我这么一个哥哥。

"是吗？可叶子还说我太木了……"话音未落，他便剧烈地咳嗽起来。

"你找我有事吧？"我看样子就知道，他根本不会吸烟。

沈明昊平复了呼吸，然后略显羞涩地说："叶子嫌我木，不会追女生。我就问，那该怎么办？她说你有经验，让我来请教你。"

"她说什么你还就信什么，听不出她在开玩笑吗？"我被对方耿直的回答逗乐了，怪不得叶子这么容易就把他支开了，"那好，我先给你一个忠告，衬衫最上面的扣子不用系上。"

"另外，我想请你帮个忙。"他按我说的，整理着领子，"你知道的，我和叶子吃过两顿饭。"

"所以呢？"

"有一次很奇怪，她问我，如果一个男生长时间拒绝和自

第三章 十七岁的女孩

己的女朋友联系,是不是就算分手了?"

"算吧,我觉得应该算。"

"不,我不是问这个。我的意思是,她会不会……会不会已经有男朋友了?"

"我明白了。"我弹了弹烟灰,眼前云雾缭绕,"你想要我帮你盯着点,对吧?"

"其实我也是猜的,你不方便也没什么。"

"没关系,倒也不是不可以。"我脑袋里冒出个想法,"不过,我有个条件。"

"你尽管提。"他迫不及待。

"你爸在迁遥人民医院,有些年头了吧?"我顿了顿,低声说道,"你能不能替我想想办法,从他那里弄来一些处方药……比方说,安眠药?"

"这个,说实话,这个不大好弄,不过我可以试试。"沈明昊似乎有些为难,但很识趣地没有多问。

"那就麻烦你了。"我不愿过多解释,便指着他手上闪烁的火光说,"把烟掐了吧,叶子看见该嫌弃你了。"

"好,好。"他一副如梦初醒的表情,忙不迭地熄灭了手中的烟。

"对了,我跟你打听一下,"我突然想起一件事,"沈大夫有没有和你提起过,去年除夕,他们科室值班的人是谁?"

"去年除夕？"他重复着，"当时值班的，就是我爸啊。"

"你确定？"

"错不了。"沈明昊语气肯定，"那天我爸在家偷喝了杯酒，还是我开车送他过去的。"

"那你记不记得，当天有人出事？"我顾不得多想，径直问了出来。

"你说医院对面，跳楼的那个？"他点头，"当然记得，那是我报的案。"

第四章　马尾

15

　　我们家有一台老旧的座机，算起来可能比我还要年长几岁。在我的印象中，自从手机普及开来以后，这部电话几乎就再没响过。但我爸始终不肯办停机，几十年如一日地保留着这串号码，像是在坚持着某种仪式。于是年前的某一天，我抱着试一试的心态，拿掉了盖在上面的防尘罩，并用它辞去了自己的工作。没错，我最终还是妥协了。可能是慧姨的那番话触动了我，也可能我早就在心理上做好了准备，只是尽量让这个必然的结果，看起来像是自己的决定。

　　直到提起话筒的那一刻，我仍在反复地组织语言，思索着是优先表达歉意，还是应该着重表示感激——电话的另一头是人事部门的经理，也就是最早将我招进公司的人。当初我们第一次见面时，她妆容精致地坐在面试官的位置，有着其他四十多岁的女人所没有的气场。我毫无底气地坐到她对面，脸上虽然挂着不失礼貌的微笑，心里却在疑惑这家企业为何会邀请我来参加面试。出乎意料的是，她只问了几个不痛不痒的问题，便在我的名字后面打了一个钩——我们身处的世界就是这么奇妙，有人只要轻轻地动一动笔，就可以完全改写另一个人的生活轨迹——比如七年前的志愿单，再比如七年后的简历。

还好，就像那场有惊无险的面试一样，辞职也没有我想得那么复杂。巧的是，对方正在外地出差，回去的时候会路过迁遥。这就意味着问题变得容易许多，因为我不必为了手续的事情再跑一趟。而不巧的是，当天和她一同抵达迁遥的，还有那场十年不遇的大雪。这就意味着留给我的时间紧迫，因为对方必须要赶在交通封闭之前离开这里。

那天清晨，预报中的飞雪悄然飘至。我早早地出了门，赶在赴约前来到慧姨的书店，打算挑选一本书作为见面礼。见面地点定在了街对面的那家餐厅，受天气影响，来店里就餐的客人不是很多。我选了一个靠窗的位置，刚好可以看到书店的正门。

中午，随着外面的雪越下越大，我在这里办完了离职手续。对方离开以后，我在自己的座位上逗留许久，看着窗外的飞雪模糊了楼群与街道，将天地涂抹成一样的颜色。这般似曾相识的场景，让我想起了小时候。许多年前，我曾见过一场这样气势磅礴的大雪。就算到了今天，它仍在我的记忆中不知疲倦地

第四章　马尾

下着——可能是我在怀念过去的时光，又或许这根本就是同一场雪。

"你还好吧？"老板娘招呼走其他客人，在我的身边停下了脚步，"从中午开始，你就一直坐在这里发呆，是不是哪里不舒服？"

"没事，就是头有点晕。"我忽然凭空生出了一种错觉，好像自己在等待着什么东西。

"那我去给你倒杯水？"对方关切地望着我。

"不用，我不想喝水。"这句话出口的一瞬间，我终于明白自己等待的是什么了。于是我抬起头，认真地对她说："酒，我想喝酒。"

16

酒精的好处有很多，它可以帮助你短暂地逃离现实，也可以给你机会去唤醒一些遥远的记忆，所以人们才会发明"醉生梦死"这个词来形容极乐。

我第一次喝酒是在十六岁，同孙璐一起。那天上午，被停满三天课的我们刚刚返回学校，孙璐的父亲就被请到了我爸的办公室。双方家长就子女早恋的问题达成一致，决定不惜任何代价禁止我俩往来。然而，这个举措却促成了我与孙璐之间关系的确立。作为还击，我们一起逃了当天晚上的两节自习课。

校门外，孙璐在寒风中点燃了一根烟。那是我第一次见到女人吸烟的样子，随风飘散的烟雾有一种凄凉的美。当孙璐抬起脸庞的那一刻，我向她表白了。

意外的是，对方并没有在第一时间答复我，反而拉着我走进了附近的便利店。在那里，孙璐买了一瓶啤酒对我说，只要我能一口气干了这瓶酒，她就点头。我看着她眉梢若隐若现的俏皮，欣然应允。小孩子总是天真地以为，一个人想要证明自己长大了，只要一根烟或者一瓶酒就够了。如今看这个想法自然是幼稚得可以，但那个时候的我对此深信不疑。无论吸烟还是喝酒，只要能够彰显自己的特立独行，都是我用来证明成长的方式。

那瓶啤酒当然没有见底，当时的我还没那个本事。翻腾的气泡涨红了我的脸，让我喝到一半就吐了出来。孙璐看在眼里，笑得不能自己。然后，她摘下了嘴里的烟，满脸坏笑地递给我。我愣了一下，笑着接过来。因为我知道，自己恋爱了。

在我看来，孙璐这个女生有点特别。她对于感情有着异乎常人的执拗。我不知该怎么形容才比较恰当，打个比方，如果我说爱她胜过我的生命，那么对方是绝对不会相信的，只因为我没有以死来证明。孙璐总是喜欢将这些情话具象化，哪怕她知道我想要表达的是什么。有时我甚至觉得相比班主任的儿子，她更需要自己的意中人是个盖世英雄。一开始，我以为孙璐只

第四章 马尾

是比同龄的女孩更渴望浪漫而已,后来才发现她想要的绝不是这么简单的东西。记得我们整天在迁遥二中招摇的那段日子,她除去跟我分享班上的各种小道消息以外,还经常会提及学校里广为流传的一则故事——叫它故事倒不如说是事故,两个男生为了争夺一个女生而决斗酿成的事故。当时的我百思不得其解,为什么那场造成一死一伤的惨剧会如此令孙璐着迷。而且她每每讲起这个,都会顺带着问我一句:"如果有人和你抢我,你敢为我杀了他吗?"

"当然。"我说。我知道她不会允许我给出其他答案,我也知道没人会真的逼我去杀人。这个典型的蠢问题唯一的存在意义,就是用来验证女人那虚无缥缈的安全感。以孙璐的性格,自然不肯轻信这些花言巧语,所以我必须要有所表示。为了尽到男朋友的责任,那半年之中的每个晚上,我都会绕过两条街道送她回家。日复一日,不曾间断。附近的一条路因为走得多了,我和路边的小贩们也慢慢熟络起来。偶尔赶上孙璐心情好,我们还会在那些摊位上买点东西吃。一旦我比她吃得快,她就会让我先回家。有时我不情愿,一旁的摊主还会开我们的玩笑,说我小小年纪就开始不放心自己的女朋友了——相比迁遥二中的老师,这些人更让我感到亲切。因为他们不会质疑我和孙璐的关系是否合理,因为他们永远欢迎每对前来惠顾的学生情侣,因为他们心甘情愿把自己的炉火借给我点烟。孙璐说她喜欢我叼着烟走路的样子，尽管我弹烟灰的动作还不甚熟练。她并不知道实际上我是在炫耀，在炫耀自己与其他学生的不同。我精心设计自己的每一个动作，不断刻意地变换着吸烟的方式。这种放纵的姿态让我感觉良好，让我感觉自己更像是一个成年人——直到某天，一个中年警察拦住了我们的去路。

道路两边的摊贩们有些紧张，可能是担心自己会受到波及。但很显然，这身警服是奔着我们来的。对方用余光瞧了我一眼，跟孙璐说："我在这里等了半小时，还以为你放学会直接回家。"

孙璐的脸冷下来："那关我什么事，又不是我叫你等的。"

"这么晚了，不安全。"

"你不是说今天你值班吗？"

"我和别人换了班，想着顺路来接你。"他颇有耐心。

孙璐却毫不领情，她牵起我的手说："用不着你接，我有他送了。"

这时我才终于记起来，孙璐的父亲是个民警。面前的这个人样貌普通，看上去也没什么攻击性，总之，和我想象中的形象相去甚远。因为孙璐很少跟我提及她的爸爸，即便说起来也没什么好话，甚至比我对林长青的评价犹有过之。所以受到她那些恶意满满的描述的影响，我一直以为她父亲是个满脸横肉的恶汉。

孙璐的爸爸转过头，向我问道："你是？"

第四章　马尾

"他是我男朋友。"孙璐把脖子一梗，抢在我前面回答。

"你就是林老师的儿子？"他盯着我，目光如炬，"年纪轻轻学什么不好，学抽烟？"

我被对方的气势震慑住，不由自主地把烟取下来。

"你抽你的！"孙璐提高了音量，"你怕他干什么？他还能把你抓起来啊？"

我沉默着，不知所措，手中的烟头就这样令我陷入两难。经过一番挣扎，我最终还是把它丢到地上，并在孙璐失望的眼神里踩灭了火光。这一刻我方才明白，自己注定无法像她那样横冲直撞地活着。我除了跟我爸较劲，再没什么别的本事。现实中没有那么多的放荡不羁，更没有那么多放荡不羁的人。

我忘记了那个晚上孙璐有没有跟她父亲一起离开，我只记得她拒绝我送她回家。点燃一根烟证明不了什么，可是熄灭它就意味着背叛。连同那根烟一起被我丢掉的，还有自己在恋爱中的主动权。也就是从那天起，我和孙璐之间的关系产生了微妙的变化，她逐渐演变为这段感情里强势的一方。人们总说愿意对自己的恋人毫无保留，可等到真正兑现承诺时往往是失措的。孙璐最不能容忍的就是这个，更关键的是，她不准许我容忍任何她所不能容忍的东西。慢慢地，孙璐开始限制我与陌生朋友的来往，开始追问我和其他女生的关系，开始有意无意地翻看我的手机——这些习惯一直被她延续到大学毕业，哪怕是双方异地的那几年,我也必须按时汇报自己的行踪。就像甜言蜜语弥补不了性情的差异一样,再久的海誓山盟也总有超过期限的一天。孙璐的强势让我感到一种透不过气的压力,让我清楚这段关系注定难以长久,让我懂得男人之所以会被那些热情似火的女孩所吸引,是因为他们根本不明白那份热情一旦被点燃就再难熄灭。然而当我终于意识到这些的时候,却发现当初由自己播下的星星之火,已经蔓延出了足以燎原的熊熊烈焰。于是,我就在那失控的火势中确认了,自己没有那一身金甲圣衣,也成不了她心中的盖世英雄。

17

我不知道自己为什么会突然想起这么多乱七八糟的事情。但我知道,自己正打算同眼前的这个人讲些乱七八糟的话——她坐到我的对面,数了数桌上的酒瓶,惊讶地问:"这些都是你一个人喝的?"

我忘记了余倩是什么时候走进来的,也忘记了自己是什么时候给她打的电话。但是这些不重要,我只是想找人说说话。眼下,余倩是最合适的人选。

"你怎么了?心情不好?"她在抛出各种猜测的同时,不忘给我一个担忧的眼神,"就算是心情不好,也不能喝这么多啊。"

我替余倩倒了一杯啤酒,倚在桌子上无力地笑笑:"我可

第四章　马尾

能要永远留在迁遥了。"

"那不好吗？"她问，"咱们这儿虽然小了点，但也没有太差吧？"

"不好。"我反驳，僵硬的舌头有些不听使唤，"当初我也想留下来，可是如今不一样了。好不容易有了离开的机会，结果我还是没逃掉。"

"我们生长在这里，又能逃到哪儿去呢？"

"我爸就是这么认为的，所以长期以来，我最想做的事情，就是证明他错了。"我看向窗外，大雪依然没有停歇，"你知道吗，曾经有段时间，我挺想学坏的。可无论早恋还是吸烟，我连坏都坏得不彻底。"

"那是因为，你本来就不是一个坏人。"

"不，我是个坏人。"我转过头，"知道我为什么会叫你来吗？知道我为什么会找你帮忙吗？因为我早清楚你对我的意思，因为我料定你不会拒绝我。说白了，我就是在利用你。"

没想到，余倩却对我粲然一笑，说："我知道。"

接着，她举起了酒杯，一饮而尽。

"你就不恨我吗？"我诧异。

"我要是恨你，就不会冒着大雪来找你了。"也许是酒精的作用，她的脸颊微微泛红，"这么大的雪，待会儿回去就麻烦了。"

"可能吧。"我点头,"我记得有一年,好像是我七岁那年,迁遥也下过一场这么大的雪。"

"你这人可真不会聊天。"余倩撇了撇眉毛,"不过挺奇怪的,你居然连那么早的事情都记得。"

"那天我爸带我去了他们学校,让我自己在一个没人的教室玩。傍晚的时候雪下得特别大,我透过教室的玻璃向楼下看,不知道为什么,外边的许多学生都聚在一起。我爸向我保证过放学以后就会来接我,所以我就一直趴在窗户前面,看着那帮人一个个离开,最后所有人都走光了我也没等到他。于是我就开始害怕,开始哭。哪怕到了晚上,慧姨来学校找我的时候,我还躲在课桌底下不肯出来。"我一边说一边喝干了杯中的酒,耳边似乎响起一段熟悉的旋律,"其实我觉得,林长青根本就没想接我走。"

"你喝多了。"她小心翼翼地伸出手指,在我的脸上擦拭着什么。

"你听见了吗?"我放下酒杯,拿起了酒瓶,"我的手机又响了,这几天,它每个晚上都这样折磨我。"

"你醉了,别再喝了。"余倩赶在我前面,用手掌覆住了杯子。

我知道自己还没喝醉,但是我很快就要醉了。然后,我就会忘掉今天的事情。所以在那之前,我必须做点什么,必须做点什么来保留住这段记忆。

第四章　马尾

于是我不动声色地移开酒杯，轻轻抓住了余倩的手，像是捧着一只随时会飞走的鸟。她颤了一下，猝不及防，好在没有拍动翅膀的迹象。

"你是不是问我，有没有考虑过你的可能？"我看着她，郑重地说，"我的答复是，有过。"

她紧张的神色渐渐退却，取而代之的是不加掩饰的欣喜与好奇："真的？什么时候？"

"现在。"我说。

18

那场大雪下完，除夕就到来了。

和我想象的不同，这一天来得悄无声息，远没有我儿时记忆中的那种大张旗鼓的气势。无论是窗外零星的鞭炮声，还是年夜饭桌上的饺子，都显得格外冷清。到头来，还是我们不经意的感叹提醒着自己，原来新的一年又要来临了。

这个大年三十家里最大的变化，就是可以不间断地看一次春晚。抛开去年那个混乱的除夕夜不谈，每年的今天我们都忙着在路上折腾。因为爷爷生前一直不肯来这边过年，所以在这个特殊的日子里，我们不得不驱车穿过寂寥的街道，带着打包好的饭菜去老年公寓找他。即便如此，老爷子也不会留我们在那里坐太久。往往沉默着吃完团圆饭，就要披上衣服匆匆回家。

遗憾的是，春晚仍然没能成为一家人共同跨年的契机。叶子心不在焉地看了几分钟，说了句"没意思"便早早回屋睡觉了。慧姨倒是舒了一口气，坐在我爸的身边嘀咕："这孩子总算疯够了，复习的时候熬夜看书也就算了，考完试还是整晚不睡觉，天天就知道盯着那个平板……"

"孩子考研太累了，愿意玩就让她玩吧。"我爸在说话的同时仍目不转睛地瞧着电视，可能是想弥补前些年屡屡错过直播的遗憾，也可能是想借喜庆的节目扫扫身上的晦气——今天下午，他和慧姨去郊区的公墓祭奠了孙璐。回来以后，两个人就是一副欲言又止的神情。直到我也准备回房的时候，慧姨才语气犹豫地叫住我，她说："我们这次去，见到孙璐的父亲了。"

"是吗？"我想做出一个轻松的表情，可惜没有成功。

"他和当初的意思一样，没打算追究你什么。"慧姨轻叹一声，"所以你也别想太多了，该放下的就放下吧。"

"我明白。"我拿不准要用什么样的口气说这句话，只好装作自然地走回房间，并用一个合适的力度关上了屋门。这个动作宣告着漫长的一夜就此开始。孙璐的父亲不追究不代表没人追究，那通令人头疼的电话必然还要响起，尤其是在今晚——几天来，那一串数字总是在深夜出现，逼得我不得不想一些对策。我曾试过阻止孙璐的号码来电，但隐约觉得这个方式不够彻底。于是，我通过网上的某些渠道，购买了一张匿名的电话卡。可

第四章　马尾

等到动手安装的那一刻，自己又迟迟无法下定决心。因为我怕时间一久，对方会被这个做法激怒，转而去骚扰我的家人。若是打到家里的座机还好，万一打到了叶子的手机上，会吓着她的。所以一番考量过后，我什么也没做。

当窗外的鞭炮声渐渐归于平静之际，耳边的电话不出所料地响了起来。我顺手用被子蒙住头，不愿浪费精力去应付它。反正接通以后对方也会立即挂断，还不如置之不理换个舒心。可是就在铃声彻底消失的那个瞬间，却有一阵寒意陡然贯穿了我的身体。我猛地睁开双眼，发现自己置身于老年公寓的天台上。狭窄的街道对面，迁遥人民医院沉默地矗立在我的眼前，借着从门诊楼透出的灯光看去，站在天台边缘的孙璐正怒视着我。她身后那片淡紫色的夜空让我恍然大悟，自己正身处梦境——但凡有孙璐出现的梦，都是这个颜色。

"为什么不接我的电话？"在梦里，孙璐气恼地问。

我貌似在哪里听她说过这句话，这种熟悉的感觉令我心生歉疚："既然你已经来见我了，有什么话就当面说吧。"

"别装傻，"她态度轻蔑，"你知道我要说什么。"

"原谅我。"我说。

"原谅你？我凭什么原谅你？"她恨恨地道。

"对不起，我没有别的选择。"我一边说着，一边走过去。

"你滚开，离我远一点！"她后退了几步，神色厌恶。

我充耳不闻,继续靠近她。就在我伸出手的同时,孙璐一脚踩空,跌落进那片压抑的紫色中。因为这个意外,她身后的夜空被撞出了一道破口,许多裂痕以此为起点延伸开来。接着,大面积的紫色一片片落下。无数破碎的冰晶四处飞溅,融化在房前屋后,淹没了街头巷尾,最终,汇聚成滔天的洪水,将我吞噬。

梦境被整片紫色填满后,闹钟应时地在床头响起。我如释重负地睁开双眼,带着一身冷汗下了床。厚重的窗帘被缓缓拉开,屋子里立刻恢复了生机。在清晨的阳光中,新的一年开始了。

19

新年伊始,有许多事情等着我去做,比如正式同余倩交往,比如去适应接下来的工作。我的新岗位是工程单位的测绘员,一个仅靠字面意思就可以概括全部内容的职业。薪资不多,麻烦不少,唯一的好处是时间相对稳定。如果非要再加上一个理由的话,就是与我所学的专业对口。因此,我爸认为这个选择合情合理。至于这情理是哪儿来的,谁定的,他不知道,也不在乎——总有人习惯用经验去代替是非,然后理直气壮地告诉你,这叫规矩。

办理入职手续的负责人和我说,由于大雪的缘故,目前还没有什么工程动工。等天气回暖以后,会根据计划把我下派到

第四章　马尾

附近的项目部。我想这样也好，可以多出大把的时间供自己自由支配，要知道对于现在的我来说，这是件可遇而不可求的事情——没办法，恋爱占据了我大部分的时间。自从和余倩在一起后，我才知道她喜欢摄影，不是那种玩票性质的娱乐，而是实实在在的痴迷。有时仅仅是陪她寻找场地和素材，就可以轻而易举地耗去半个白天。我还是第一次听说，本地有个叫作"迁遥青年摄影协会"的组织，而余倩就是其中的一员。她曾向我展示过几幅协会成员的摄影作品，可惜我从未看出这些所谓的艺术与自己用手机拍出的照片有哪些不同，以至于余倩常常嘲笑我这个人俗不可耐。其实她总结得没错，我就是一个世俗的人，有着世俗的眼光和世俗的愿望，所以才能世俗地活着。

　　随着日子一天天平稳地过去，我渐渐适应了当前的节奏。尽管家里尚不知道我与余倩的事情，但细心的慧姨还是发觉我胖了一些。可能是枕稳衾温的生活太过舒缓，令我感受到了久违的惬意，也可能我爸的决定本来就是对的，只是我从来不肯承认罢了。在一个平淡如水的傍晚，余倩下班后突然问我："你说，你每天都来公司接我，会不会不太好啊？"

　　"不好吗？有什么不好的？"我将车子缓缓停在路口，等待前方的交通灯变色。

　　"你忘了，我前男友也在这里上班。"余倩用双手抵住身上的安全带，"我和他刚分手不久，要是他看见你来接我的话，肯定以为咱俩之前就搞在一块了。"

"这话听着真别扭。"我笑了一下,"不过你说的也有点道理,要不然我明天停远点?"

"其实吧,你也不用每天都来接我。平时没什么事,我自己回去就行。"

"你都已经和我在一起了,没我接送不会觉得不平衡吗?"

"我没那么矫情。"她歪着头,温柔地笑,"谈个恋爱还得让全世界都知道啊?"

余倩最打动我的地方就在于此了,她懂得为彼此留出一个适当的空间,不会独断专行地介入对方的生活。这也是我没办法和孙璐长久相处的原因,在孙璐的观念中,谈恋爱就一定要谈得风风火火,要么男人镇住女人,要么女人降服男人,从来不存在可以互相迁就的说法。但我必须承认,是孙璐赋予了我叛逆。不仅如此,她还赋予了我叛逆的资格。尤其在一开始的时候,孙璐的热忱深深吸引了我,让我一度以为,我们二人互为彼此角色的观众,至少从所作所为来看是同一类人。然而自打她毕业以后,我却再没掀起过什么风浪。这时我才恍然大悟,我们俩虽然蹑跃于同一张戏台,可她才是那个毋庸置疑的主角。生活中一旦没有孙璐的痕迹,我的玩世不恭便显露出狐假虎威的本质,就像离开了程蝶衣的段小楼,不过是个假霸王而已。

当然,有些事情还是被孙璐彻底改变了,比如我吸烟的习

第四章 马尾

惯保留了下来,这也是我不曾料想的。我仍然记得在那个寒冷冬日的晚上,当她递给我人生中的第一支烟时,我笨拙地用中指和食指夹过来,心里在犹豫是不是捏住它会更好。这种象征着愉悦的东西并没有带给我太多快感,我只是机械地把烟气吸进再吐出,整个过程单调而无聊。正是这份不怎么有趣的体验,令我小看了尼古丁的魔力,也高估了自己的定力。虽然从无到有的进展缓慢,但从一根到一包要容易得多。再然后,我就真的离不开了。此后的一段时间,我每次按下打火机的同时都会想象,那些微小的颗粒顺着我的鼻腔直抵咽喉,在我体内慢慢地扩散开来,最终变成阴影一点点蚕食着我的肺。尽管我知道,无论这个恐怖的画面在脑海里循环多少遍,自己还是会因为经受不住诱惑而义无反顾地落下手指,还是会因为听到那清脆的响声而点燃闪烁的火光,还是会因为看见那迷人的烟雾而允许它们钻进自己的肺。这种知错难改的负罪感让我备受折磨,让我由衷地希望有人可以帮我一把,哪怕只是礼节性地劝我戒掉它。如此的执念整整煎熬了我一年,直到一个女孩给我带来了改变的机会——说起这个,就要牵扯出另一段故事了。

那是高三的上学期,我的烟瘾越来越重,即便在学校,也要趁着课间点上一根。几乎每次休息的十分钟,我都会和班上的烟友三五成群,跑到走廊尽头的一间空教室吞云吐雾。久而久之,那里便成为我们的秘密聚集地,偶尔透过窗户看去,简直像一个小型的毒品交易现场。另外，我们这些闻起来就很有问题的烟民，自然也成了校领导的重点监视对象。执行这个指令的人被称作值周生，通俗点讲就是负责巡视并记录违纪行为的学生。因此，每个走进这间教室的人几乎都是胆战心惊，时刻提防着来自门外的突击检查——也不能说是每个吧，起码我不算在此列。反正从孙璐的事情开始，我就已经恶名远扬了，再加上作为蓄意违纪的顽固分子，校方对我向来睁一只眼闭一只眼。我扣掉的考核分，多一分也好，少一分也罢，除了我的班主任，没人会在意这个。于是我和几个哥们儿达成协议，既然值周生只是记个名字交差，把违纪算在我的身上倒也无妨，条件是拿烟交换，一次一包。

　　某天晚自习前的一个无聊课间，我们几个人照例跑到据点抽烟。谈到这层楼新来的值周生，他们一反常态地兴奋不已，告诉我今天抓违纪的是一个扎着马尾的女生，据说是二年级文科重点班的班花。我没兴趣和这群色狼探讨女生的长相，因为我偶然看见有一只猫从窗外经过。不知它从哪里跑进了学校，此刻正慵懒地伏在围墙上。越过它的头顶，晚霞肆意地流淌，夕阳悬挂在屋檐，只要我愿意，曼妙的黄昏触手可及。我深深地吸了一口烟，享受着此刻难得的平静——自从孙璐离开迁遥同我异地相处，便要求我每天至少打去一通电话，而且在征得她同意之前不准挂断。煲电话粥这种事第一次是新鲜，第二次

第四章　马尾

就成了负担。动辄几小时的通话让我身心俱疲，学校反而成了我休养生息的地方。我身边这些没谈过恋爱的家伙不会理解我的苦衷，毕竟一个人再世故也难懂得两个人的烦恼。他们羡慕我缺少自由，我羡慕他们无人相伴。

就在这支烟即将燃尽之际，身旁的议论声戛然而止。我顺着大家的目光看向门口，传说中的班花就这么出现了。

按道理讲，对方会来到这里自然是职责所在。倒是站在此处的我们显得鬼鬼祟祟，更遑论窗台上还没熄灭的烟头了。在场的几个人面面相觑，最终不约而同地望向我，可怜巴巴的表情显然是在求救。如此紧要的关头，就需要我挺身而出了。我掏出火点燃另一根烟，不慌不忙地说："你们回去吧，这一包记上。"

我的答复令他们几个顿时作鸟兽散，走在后面的哥们儿还不忘留下一个幸灾乐祸的眼神。很快，整间屋子里面就只剩我和班花两个人。我从容地当着对方的面弹了弹烟灰，仿佛夹在指间的是落日的余烬。夕阳就在这个时候洒了进来，洒在她白皙的皮肤上，洒在她漆黑的眼眸里。这个美妙的瞬间让我突然发觉，那群无耻之徒说得没错，这张脸的确很漂亮。就算许多年过去，我仍能清楚地记起当时的场景——她微微晃动的马尾辫将笼罩其上的阳光抖搂下来，让整间屋子都洋溢着一种美妙的属于女性的气息。透过薄如蝉翼的光晕，我隐约看见，她在笑。

上课铃响以前，我回到了教室。首先映入眼帘的是同学等着看好戏的神态，他们笃定我已经被班花上报至教导处，个别人还煞有介事地猜测余主任很快就会通知我爸。所以当我如实告诉他们，自己被班花放了一马时，众人无不是一脸诧异，啧啧称奇。

"怎么办到的？"大家围了过来，七嘴八舌地问。

我眨眨眼，对他们说："秘密。"

第五章　我们的故事

20

正月十五一过，叶子就离开了家。她要去新城区参加中学的同学聚会，然后会在傍晚坐上直奔省会的列车，跨越两个城市后抵达学校。

冬日的清晨往往是混沌的，夜色也迟迟不肯散去。就如同几天前说好的那样，沈明昊的车一早便在楼下等着了。我趁着这个机会和他简单聊了一会儿，顺带打听了一些关于除夕当晚的细节——沈明昊是在从医院返回的途中，意外发现路上的那摊血迹的，于是连忙下车，并当场报了警。除此之外，他似乎对整件事的来龙去脉浑然不知，包括我和孙璐之间的关系。

叶子临行前，慧姨始终红着眼眶，在一旁不厌其烦地叮嘱着"别老熬夜"和"注意身体"之类的话。我一边帮叶子打开车门，一边等着她的那句"差不多行了，又不是不回来了"，没想叶子却转过身，忽然抱住了慧姨说："你也是，要多注意身体，记得按时复查。"

慧姨愣了一下，明显有些意外。她轻拍着叶子的后背，眼泪彻底地流了下来。

"妈，好好的你哭什么啊？"叶子虽是这么说，声音却也带了哭腔。

"我是高兴，孩子长大了，懂事了，知道关心父母了。"慧姨腾出一只手，擦掉脸上的泪水，"放心吧，我替你们求签的那天，给自己也算了。我今年运势好得很，凡事逢凶化吉。"

汽车终于发动，一家人在后视镜里与叶子挥手作别，直到车尾的亮光渐渐在街角隐去。从东方赶来的太阳迟了一步，没能见证刚刚那动人的分别，但它却像牛奶注入咖啡般的夜色中，为我们稀释了头顶的黑暗。于是，天亮了，冰雪开始消融。

21

叶子离开的那天，当我将早晨的情景讲给余倩听的时候，她却是一脸惊讶："天哪，咱们同学这么久，我居然不知道你还有一个妹妹！"

我看着余倩胸无城府地讲出这句话，心中暗暗生出一丝歉意——在那场大雪之前，我从未想过和余倩分享什么，更未想过要去了解她什么。她越是这样对我好感不减，我反而越觉得

第五章　我们的故事

对她亏欠。于是，我拉起她的手，说道："我带你去一个地方。"

午后的天气晴朗得有些过分，城郊道路上的积雪被映得闪闪发亮。我们沿着千舀湖行驶了半个多小时，然后在余倩莫名的亢奋中，拐进了一条狭窄的乡镇小路。两旁的建筑物一幢幢向后退去，道路尽头，就是爷爷经营多年的木器厂——若要我将自己的故事介绍给余倩，那么从这里开始是再合适不过的。

余倩带着一脸惊喜，跟在我身后下了车。我推开那扇咯吱作响的大门，感慨万分地对她说："这里曾经是我爷爷加工木材的厂子，是我小时候最喜欢的地方。"

多年过去，空空如也的屋子只剩下一阵霉味。当初，爷爷和他的战友们就是在这里，对着那些奇形怪状的木头施展名为"技艺"的魔法，化腐朽为神奇。如今回想起来，似乎已经是很久远的事情了。

我爸沉默寡言的性格是继承自爷爷的，不过在因循守旧这方面，老爷子则有过之而无不及。每一个和爷爷接触过的人，对他的评价都出奇地一致——有原则不过没变通，品行好但是脾气差。冷不丁板起的面孔，着实令人心生忌惮。

然而，这并非我记忆中关于爷爷的全部。

在我的童年回忆里，爷爷一见到我就变得高兴异常。不但经常搜罗各式各样的零食给我吃，还会时不时地为我做一些木制的玩具，这也是我愿意跑到这里玩的原因。爷爷喜欢帮我折纸,喜欢教我写字,喜欢用自己的胡茬来回蹭我的脸。相比之下,叶子就很少有这样的待遇。尤其令我记忆深刻的是,那个时候镇上少有电话,爷爷便常年使用书信与老友往来,哪怕搬进老年公寓仍保留着这个习惯。而他动笔写信的过程,也成了我最爱的节目。我伏在案边,看着笔杆在空气中舞出长长的波浪线,听着笔尖在纸张上谱出沙沙的摩擦声。书写完毕,爷爷将信纸对折,再对折,在我满怀期待的眼神中,不急不缓地塞进信封,像是在完成一件艺术品。涂好了胶水以后,他冲着印痕呵出一口气,利落地粘上邮票,对我一笑,大功告成。

  长大后每一次回到这里,我都会想起这个充满仪式感的场景。虽然印象中那个慈祥温厚的爷爷,在面对我爸的时候简直判若两人,但我始终与之保持着同十多年前并无二致的亲近,也很难将他与旁人眼里那个暴躁的老头画上等号。当然,爷爷也不是从没对我发过火。我还能记起对方反应最激烈的一次,是他发现我不小心弄断了一把木梳——过了很久我才知道,那是半个世纪以前,由我爷爷亲手打磨成形,送给奶奶的第一件礼物。

  幸运的是,小孩子总是简单而善忘的。我在每一个睡不着的夜晚,依然期待着爷爷为我讲的故事。或许正因为如此,他才将那些本该对自己儿子说的话都讲给了我听,尽管以我当时的年纪尚且不能理解其中全部的含义。我只记得爷爷将半截木

第五章　我们的故事

梳捧在手中，嗓音低沉却又不无得意地和我说："你奶奶年轻的时候，是整个大队上最漂亮的女人，没几个姑娘有她那样又长又好看的头发。"

我看着爷爷粗糙的手指轻轻掠过木齿，如同抚摸一把精致的瑶琴。那柄梳子就这样活了过来，在他的掌心清脆地响起，发出天籁般动人的旋律。那时的我还不懂得什么叫物是人非，不懂得什么叫死生契阔，不懂得什么叫曾经沧海难为水。但是我懂得，他在怀念。

"等我老了，就回到这个地方盖一间房子，再也不走了。"言语间，我意识到余倩的状态有些反常，便问她，"你今天是怎么了？怎么一路都乐个不停？"

"来这里的路上，我以为你是故意的。现在看来，你还不知道。"

"我没懂你的话。"

"我看你自从下车就在那里发怔，所以一直没找到机会和你说。"她少见地露出了调皮的神色，像是一个恶作剧成功的孩子，"你知道吗，我在这个镇子上读过书。"

接着，我就从余倩的口中了解到，原来在千窅湖对面的小镇上，有一栋房子是她曾经的家。这个巧合虽不算难得，但贵在足够可爱。

"大概十年前吧，湖畔只有一个镇子。后来，随着千窅湖引流,南北两侧就成了两个小镇。在行政还没划分以前,我爸爸曾是镇小学校的校长,我也是从那所小学毕业的。"她挽起了我的胳膊,走上刚刚的那条小路,"当初我每天上下学都要走这条街,说不定咱们两个以前还见过呢。"

"竟然有这回事。"我难以置信地嘀咕着,"我还以为,余老师一直在二中工作。"

"本来他继续在这边干几年的话,就有机会调到新城区的重点中学。但是我妈妈为我的成绩考虑,坚持要在我升初中那年搬走,所以我爸爸才去了迁遥二中的教导处。"

"这么说来,还多亏了你父母。"我和她说笑,"不然,我们两个也不会认识了。"

"说实话,我心里挺讨厌我爸爸的。因为他,从小到大,一直没有男同学敢和我在一起玩。"突然之间,余倩有点羞赧,"你可能不信,上学的时候我特别佩服你,明明你父亲就是二中的老师,你还敢在学校里兴风作浪。"

"正因为我爸是二中的老师,我才会想尽办法兴风作浪。"

"还有这种理由?"

"你不懂的,有些东西很难解释得清。"我淡淡地说,"不是所有的父母,都像你爸妈那么好。"

"既然你这么说,那我就再告诉你一件事情。"她松开我的手臂,语气也神秘起来,"其实我们家搬走的原因,根本就

第五章　我们的故事

不是为了我上学。当初我妈之所以急着离开这里,是因为有个朋友私底下告诉她,我爸平日里总跟学校的一个女老师走得很近。我猜,我爸多半也知道我妈听说了这回事,只不过两个人谁都没有说破,才拿我的学业当作理由。"

我听完了这段大戏,在震惊之余对她说:"知道吗?你让我想起了一个故事。我前段时间听过的,一个差不多的故事。"

余倩重新牵起我的手,动作轻快:"打算讲讲吗?"

"以后吧。"我说着,忍不住笑了。

"你笑什么?"她疑惑地扫了我一眼。

"我就是觉得奇怪,自己交往的人好像都是这样。你和我,还有孙璐,没一个家庭正常的。"

"没什么奇怪的,可能只是我们这样的人相互吸引而已。"

"有点道理。"就在我们快要走到道路尽头的时候,我忽然想起了一个困扰自己多年的问题,"对了,我记得南边有一家很大的工厂,你知道是做什么的吗?"

"工厂?"余倩皱起眉,表示很无辜,"我在这儿住了这么久,也没听人说起过有什么工厂啊。"

"就在木器厂后面,树林里面的那个。"

"你是说那个啊,"她终于领会,笑着对我说,"那是监狱。"

22

当天晚上，我和余倩就近在镇上的一家小旅店住下了。这本不在原计划的范围之内，但我们心照不宣，就好像这是件自然而然的事情。

那个潮湿阴冷的房间，与省道只有一墙之隔。每次外面有货车驶过，整间屋子都跟着一阵摇晃。飞满白霜的窗户外面，几颗寒星悬在幽寂的夜空中。我关掉了手机，安然躺在床上。风声仿佛来自很遥远的地方，苍凉，凄婉，欲说还休，如同一首催人泪下的诗歌，断断续续地在我耳边低吟。

"你总失眠吗？"余倩也没有睡着，钻进了我的被子。

我顺势搂住她，坦言道："差不多吧，一到夜里就爱胡思乱想。"

"在想孙璐的事情？"她的声音很轻，就像怕惊扰到什么一样，"你那么想离开迁遥，也是因为这个？"

我笑了，对她说："我得想想怎么回答你，免得又让你觉得我疯了。"

"哈哈，看不出来，你还挺记仇的。"余倩的手慢慢伸过来，扣住了我的手指，"你这个人啊，什么话都藏在心里。虽然平时不吭声，可一旦冲动起来，做的事情总是出人意料。"

"有吗？"

"你还记不记得高中的时候，有一次班主任冤枉你，扣

第五章　我们的故事

了班级的考核分,你就当着全班人的面和他吵,最后差点动起手来。"

"都那么久了,你竟然还没忘。"

"我当然没忘,那次真把我吓了一跳。我从没想过你会这样,好像一点也不了解你。"

"关于我这个人,你不了解的还多着呢。"

"说真的,我总觉得最近这些天,尤其是我们在一起之后,你和之前不太一样了,就像变了一个人似的。你有什么心事吗?"

一阵沉默后,我终于松口:"对。"

她侧过头:"和我说说?"

"好吧。"可能是余倩的好奇,给了我倾诉的欲望,"今天你告诉了我一个秘密,现在我也告诉你一个秘密。"

"是你白天提到的那个故事吗?"她笑出了声,"这么一来,咱们就算扯平了。"

"你知道,我在南方的那份工作,干了大概有半年的时间。"我闭上双眼,寻找着那种娓娓道来的感觉,"去年毕业后不久,我就被那家公司邀请去面试。当时不少应聘者的条件都比我要好,结果对方还是选择了我。"

"为什么呢?"余倩很配合地问。

"一开始我也想不通,所以半个多月前,我辞职的时候,向人事经理提出了这个问题。"我的声音在屋子里回荡着,传到自己的耳边格外清晰。似乎只有深夜才能让我卸下所有的防备，才能让我无所畏惧地吐露心扉。讲着讲着，一种奇妙的感觉逐渐笼罩了我，自己仿佛又回到了那一天，回到了记忆中大雪纷飞的那一天。

那天中午，我挑选了一个靠窗的位置和几道还算像样的南方菜。比较尴尬的是，我尚不知晓面前的这个客人的姓氏，只知道她名字中有一个"文"字。因其外表看起来比实际年龄要年轻一些，故而同事们平日都习惯叫她文姐，我也就跟着这样称呼了。用餐期间，对方不时地扭头瞥向窗外，似乎怕被大雪误了行程，好在我的离职手续办得很顺利，不至于对她的计划造成影响。但正因为离职手续办得太过容易，一下子没有了可供我们交流的话题，所以这顿饭吃得也稍稍别扭了些。

"来这边，很冷吧？"我拘谨地倒了一杯茶，连客套都显得毫无新意。

"还好。"文姐要从容许多，就像在闲话家常，"我以前在北方念过书，多少能适应一些。"

"来这么远的地方念书啊？"我暗暗庆幸，自己总算找到了话题。

"你不也是一样，跑去南方上学。"

"那是我爸的意思，我之前也没想过。"

"哦，怪不得。"她若有所思。

第五章　我们的故事

"我一直有件事情不明白。"我考虑了一下,还是决定问了,"当初面试的时候,我发挥得并不好。可最后留下来的,为什么是我这么一个既没有工作经验,专业也不相关的学生呢?"

"你们这些年轻人,就是想得多。"对方嗔怪地笑,"先不说这个,新工作找好了吗?"

"找好了。"我点头,"在工程单位做测绘,家里非逼我从事自己的专业。"

"看样子,你家人没少为你操心啊。"

"我爸是个老师,管学生管习惯了。"我分析道,"职业病。"

"我倒觉得,教师这个职业挺好的。"她说,"我年轻的时候,在这边读的就是师范大学,刚参加工作那会儿,还在学校当过代课老师。"言语至此,她摆了摆手,"不过我课讲得一般,说话口音也重,学生总笑话我。"

"可是现在一点也听不出来。"我实话实说。

"那是因为我丈夫是北方人。我们结婚之前,他是我学校的同事,一直教我讲普通话来着。"紧接着,她又自嘲了一句,"其实现在想想,他只是在献殷勤而已。"

"那也很浪漫啊。"

"确实,如果我们没有离婚的话。"

"为什么会离婚呢?"话一出口,我便发觉了自己的失礼。

文姐却丝毫没有在意,继续分享自己的故事:"因为我丈夫在我怀孕的时候，和学校的另一个女老师好上了。那个老师我不太熟，只知道她教历史，男人是搞工程的，常年在外地出差。两个有家室的人还能搞到一块去，你说，多恶心。"

虽然她说得云淡风轻，但我还是听出了一些东西，比如不甘，以及恨意。

她并没有停下来，反而越发认真地说："起初的两年，我还被蒙在鼓里，也没理会那些风言风语。直到后来，女老师的肚子大了，我丈夫瞒不住了，才向我坦白。离婚以后，我不想再看见他，就一个人辞职回了南方。后来听人说，事情过去才一年多，他们俩就结了婚。但不清楚为什么，可能是怕人说闲话吧，女老师不再留校任教。我也是今天才知道，原来，她在校外开了一家书店。"

看着我蓦然惊觉的表情，她指向街道对面："没错，就是这家。"

不知不觉，已是午夜。在这个朔风凛冽的晚上，我讲述着那个埋藏在自己心底的故事，讲述着那个令我拼命逃离又不忍遗忘的故事。我讲述着那天发生的一切，不急不缓，让我觉得自己像是在呓语。我记得所有情节的起承转合，记得她言语间不经意的叹息，记得窗外那漫天飞舞的大雪，却唯独忘了自己当时的感受。又或许，我根本就来不及有什么感受。当对方明明白白地讲出那句话的时候，我翻遍了自己脑海中名为经验的

第五章　我们的故事

东西,却找不出任何可以与之匹配的反应。

连续的大段的独白过后,某种躁动在我的身体里澎湃,让我不得不努力平稳着语气:"我曾经以为,自己永远都不会知道她的样子。"

"所以你思念她。"冰冷的空气中,一股温热的气息融化在我的胸口。

"我见到我妈妈了。"我睁开眼睛,凝望着余倩,"你知道吗?我见到她了。"

"我知道。"她伸出手指,轻轻抚摸我的脸,"你想哭吧,对不对?"

我张开双臂,紧紧抱住她。伴随着窗外寒风呼啸,我们深深地相拥亲吻,仿佛认识了一辈子那么久。这一刻的温存让我相信,拥抱是我们与生俱来的力量。我们在满室的黑暗中依偎,聆听着对方的心跳。我们在对方的心跳中缠绵,分享着彼此的体温。我们在彼此的体温中等待,等待着黎明的来临。

第六章　乱世佳人

23

三月初的北方，仍是一片天寒地冻。不过大部分的工程已经动工了，那些巨大的机器在冰雪中轰鸣着，时刻准备将大地撕出一个缺口。我被分配到附近的项目上，并在两天后主动搬进了单位提供的宿舍。其实那里离家也不过几条马路，我只是想借着这个机会躲开父母而已。

走的时候，慧姨颇为少见地使用了命令的语气，要求我每周最少要回家一次。我点点头，避开了她的眼睛。尽管我知道有慧姨这样的继母是自己的福气，但同在一张饭桌上还是免不了有些别扭。她对我的关心每多一分，我的尴尬就会加重一分。当我无处安放这份尴尬时，别扭就成了折磨。

我所在的项目，是迁遥旧城区改造计划的一部分。简单地说，就是推平那些老旧的住宅楼，然后盖上一排排的商品房。等到

第六章 乱世佳人

工程结束时,此处就会变成与我记忆中完全不同的地方。这就意味着,我将是目睹过故乡本来面目的最后一代人。记得小时候我曾听爷爷说起过,大约半个世纪以前,旧城区的土地上只有零星的几座工厂,但不要小瞧这些钢铁堡垒,它们是迁遥未成形的骨骼。慢慢地,骨骼一点点被肌肉和神经依附,那是围绕各个厂区建造的店铺与住宅。再后来,楼宇间延伸出血管般错综复杂的街道,喧嚣的车水马龙便成为流淌的血液……就这样一晃数十年过去,在人间经历沧桑巨变的同时,这片土地也被赋予了生命。可惜,同隔壁的后起之秀相比,这个巨人已然垂垂老矣。我没能伴随它一起成长,却即将见证它的死亡。

走上新的岗位,需要我适应的东西有很多。除去了解那些拗口的规章制度,还要学着同形形色色的人打交道——办公室的同事大都年纪不小,每天热衷于捧着报纸讨论国家大事,顺便讲一些荤素不忌的段子。我想等自己到了这般年岁,生活与他们应该也无二致。偶尔下班以后,我会去新城区找余倩吃饭。她最近正忙着准备公司组织的职业考试,据说只要通过就可以转为正式员工。作为刚入职的新人,我可调配的时间要比她充裕得多,平日的工作内容也以学习为主。说白了,就是对着图纸和文档资料,装模作样地熟悉项目概况。不出意外的话,这种状态至少还要持续两三个月。我之所以能够这么肯定,是因为在前期的动迁过程中,有一户人家始终不肯在协议书上签字。

那栋旧楼的存在，已经严重影响了我们部门的测绘程序。为此，开发商不得不将拆迁许可延期，我们的工程进度也随之停滞下来。起初，我并没有太在意这回事，反而暗暗庆幸自己的工作轻松了不少。直到项目部进行第二次勘查时，我才无意间从同事的口中得知，那个令开发商头疼的户主叫作叶伟生——没错，就是叶子的爸爸。当然，我是指名义上的。

小地方就是这个样子，喜事也好，坏事也罢，翻来覆去总是那么几个人。

客观地讲，开发商给出的条件还算合理。依照协议上的说法，所有在三个月内搬离的住户，半年后都将获得一笔不低于等面积新房的补偿款。而叶伟生拒绝签字的原因，是他坚持要求先放款再搬迁，并且一再表示没有商量的余地，多少有些无理取闹的意思。

负责处理纠纷的拆迁队长姓吴，三十岁左右的年纪，据说是投资方老板的侄子。在涉及"钉子户"的问题上，此人永远是一副怒目切齿的样子。这段时间，吴队长每天至少联系叶伟生一次，时而婉言相劝，时而恐吓威胁。只可惜，这些伎俩没有取得任何效果，我隔着一张桌子都能清楚地听到电话那头传来的不屑："别想了，你们一天不打款，我就一天不搬迁。"

"这么说吧，就算我答应你，这笔钱你现在也拿不到。"吴队长的声音几乎是从牙缝里挤出来的，"请款是要走流程的，

第六章　乱世佳人

你知不知道？"

"那是你们的事，和我没有关系。"对方哼了一声，毫不买账。

"想要钱，你就得先把字签了。你不签字的话，我们走不了这笔账。"

"别跟我废话了，老子干这行的时候你还没生出来呢。这里面有什么猫腻儿，我比你清楚得多。想糊弄我，也不看看你够不够格！"

"好啊老东西，有本事你就别搬，看谁能耗得过谁！"吴队长咒骂一声，狠狠地挂断电话，"王八蛋，明摆着就是找碴儿！"

吴队长的最后一句话说得底气十足，早在跟对方沟通之前，他们就已经把那栋楼的水电断了。包括我身边的同事也料定，叶子的爸爸早晚会主动从里面搬出来。随着现场矛盾的日益激化，叶伟生顺理成章地变成了项目部拿来消遣的话题，部门上下纷纷都在打赌他还能够坚持多久。若是换作以往，我肯定也会毫不犹豫地参与其中，但自从知晓了二十年前的来龙去脉，我觉得叶伟生会变成现在这个样子，我们家也撇不清干系。因此，虽然我提到他的第一反应仍是厌恶，却无法像以前那样厌恶得理直气壮。

当然，不谈工作的话，生活还是在向好的方面发展的。例如忘记从哪一天开始，孙璐的来电，不，是孙璐号码的来电频次一点点变少了。随之而来的清净让我有一种错觉，仿佛什么事情都没有发生过，也不会再有什么事情发生了。我的日常作息规律了些，每晚的睡眠时间也稍有延长。需要说明的是，这一切都与我抽屉里的安眠药无关——是的，沈明昊弄来了我想要的东西。上周末，我们抽空在书店对过的餐厅见了面。为了掩人耳目，那个小药瓶被他包上了十几层牛皮纸，以致沈明昊打开背包的一瞬间，我还以为他帮我搞来的是毒品。

　　借着与沈明昊碰面的机会，时隔一个月，我再次坐到了这张餐桌前——我之所以三番五次地选择这个地方，是因为我与这里的老板娘交情匪浅。餐馆的老板娘姓白，早些年是我爸的学生。只不过，当我踏入迁遥二中校门的时候，她已经在附近的机关单位工作了。当时的白姐在上班之余，总喜欢到慧姨的书店里看书，每个休息日都是如此，雷打不动。那会儿慧姨就经常跟我们感叹，这么个文艺青年留在体制里真是屈才了。两年后，这句话不幸言中。作为年过而立的大龄剩女，白姐还真是文艺心不死，放着好好的公务员不做，跑到街对面搞了这么一家店，听说至今还在赔钱。

　　白姐很热情地为我们倒茶，临走时还偷偷打量了沈明昊一眼。后者似乎完全没有察觉，仍然一门心思地拆分着手中的包装。很快，一个白色的小药瓶被摆在了我的面前，瓶身的标签上方方正正地印着"阿普唑仑"四个字。他对我说："里面一共只

第六章　乱世佳人

有十片，再多就拿不到了。"

"明白。"我把药瓶攥在手里，"这一次真是麻烦你了。"

"哎，有件事，我一直想问你来着。"沈明昊倚着桌子，把身体向前探了探，"去年跳楼的那个女孩，跟你的关系不一般吧？"

"你怎么知道这个？"我神经一紧。

"当时搞出那么大动静，弄清楚这个没什么难的。"他压低了声音，"要不是你问我那天晚上的情况，我也不会想到去打听这件事。其实我就是搞不明白，你到底想从我这儿知道什么？"

"既然你这样说，那我就直接问了。"我听了沈明昊的话，心里居然轻松了些，"那天晚上除了你以外，还有没有别人在场？"

"当然没有，从下车到报警始终都是我自己。如果路上还有其他人的话，我不可能看不到。"

"那春节之后，有没有人和你打听过这件事？"

"你别说，还真有一个。"

"谁？"我又紧张起来，连忙向他追问，"是谁？"

"就是你啊，你不是一直和我打听那天的事吗？"也许是我的表情让对方觉得这个笑话不好笑，他又悻悻地说，"都这么长时间了，哪有人会问这个……"

"好吧。"我有点失望,"可能是我想多了。"

"我记得警察说她是自杀啊,你打听这些干吗?"

"没什么,我就是随便问问。不谈这个了,说说你,最近和叶子联系没有?"

沈明昊往后一靠,颓丧地摇了摇头:"自从她走了以后,连微信都没回过我。"

"哦。"我心里感到一丝愧疚。当初受他所托的时候,我就知道自己帮不了他,眼下也只好说:"你可以主动一点,多跟她聊聊天。"

"你还记不记得,我和你提过叶子可能有男朋友的事情?"

"我觉得你多虑了,如果她有男朋友,我早就该知道了。"

"那如果我告诉你,是我亲眼所见呢?"

"不可能,"我坚持,"她从没有和我说起过。"

"那天,就是送叶子参加同学聚会的那天,本来我已经离开了,可是怕她赶火车会来不及,所以半路又绕了回去。然后我就发现,她在散场以后根本没去车站,而是上了别人的车,回了旧城区。"他看着欲言又止的我,继续说道,"是个男的,二十多岁。"

"你会不会,会不会看错了?"我替他找了个理由,没什么底气地说,"可能是当时天色暗,你把别人当作叶子了。"

他无力地笑笑:"我也希望如此。"

第六章　乱世佳人

沈明昊微妙的表情让我很不舒服，即便我知道他并不是有意的，即便我知道这构不成我生气的理由，即便我知道自己已经默认了他的说法。不舒服是对方的话令我不得不提醒自己，人总是要变的。只不过更多时候，我们会称之为"成长"。

当"成长"这回事发生在叶子身上之前，她就像天底下所有的妹妹一样，喜欢整天围着我这个哥哥转，喜欢摆弄自己的洋娃娃，喜欢一切她那个年龄应该喜欢的玩意儿……直到叶子初中毕业的那年，很偶然的一次，她将自己与其他男生聊天的短信错发到了我的手机上——虽然只是简单的几句话，字里行间却透露出一种女性特有的柔媚。那是我第一次发觉叶子已经长大了，尽管她当时只有十五岁。

此后，叶子在我眼中多少有了些不同。因为我知道，那个整天缠着我的小姑娘已经不在了——直觉是一种很神奇的东西，哪怕同一个人顶着同一张脸，甚至脸上还是同一个表情，可你就是能感觉到有什么地方与昨天不一样了。时间的残忍之处就在于此，它一次次不着痕迹地将你熟悉的人变得陌生，只为了告诉你，过去的每一天都不会再回来了。

24

不等沈明昊走远，白姐便迫不及待地坐了过来。

她撂下一本书，兴致盎然地问我："那个人是你妹妹的小男朋友吧？"

"你怎么知道？"我反问。

"前几天我去对面借书，你姨告诉我的。她还跟我说，下一步就该想办法解决你的个人问题了。"

"慧姨就是爱操心。"我暂时还没打算挑明自己的情况。

"做母亲的哪个不是这样？就连平时和我聊天，她也在念叨你和叶子。"白姐说完这句话，突然停顿了一下，"你姨应该没有跟你提起过，其实她特别希望你能叫她一声'妈妈'。她老觉得你不愿意改口，是因为她对你的关心还不够。"

"没那回事，真的。虽然我没那么称呼慧姨，可我是真的把她当成妈妈。"

"那就好。这么长时间，你姨的头痛症一直都没见好，叶子在外地上学离得远，你总得常回家看看。"

"嗯。"我瞅准机会，把话题扯开，"你拿的这本书是……"

"是你的。"对方果然接了茬，将书推到我的面前，"下大雪那天，你忘在这儿的。"

"还真是。"我仔细看了一眼，烫金的封面仍旧闪闪发亮。摸着书脊上的刻字，我不禁暗自苦笑。当初若不是横生枝节，这本书早被当作礼物送出去了。可是事情发展得那么极端，谁还能顾得上它呢？

"九一全译本的《飘》，小伙子眼光不错。"白姐把包装

第六章　乱世佳人

翻过来,"二十多年前的版本,现在市面上很稀少了。"

"这个我还真是不懂,你喜欢的话就留下吧,我也不准备送给别人了。"

"像这么有名的小说,我读过不下十几遍。你要是不打算送人,还是把它还给你姨的好,万一弄丢了怪可惜的。"

我按她说的,将书收起来。其实白姐不知道的是,我会选中这本书跟自己的眼光没什么关系。反而在很大程度上,是受到了孙璐的影响。这一年来,尽管我时刻试图抹去孙璐留下的印记,举止之间却仍旧处处是她的影子。有句话是怎么说的来着:一个人现在做出的每个决定,一定都可以在过去找到对应的原因。那些看似不经意的选择,实则都是必然的结果——若要论证这个说法,我需要把时间回溯到六年以前,自己第一次从孙璐口中听闻书里的男女主角,也就是"白瑞德"与"郝思嘉"这两个名字的那天。那天晚上,我逃掉了自己"不喜欢"的晚课,和孙璐在校门口碰了头。为了让我了解这些陌生名字的来历,她拉着我一起去网吧看了《乱世佳人》。半小时后,我终于认识了那个令孙璐魂牵梦绕的白瑞德。不得不说,这的确是个可以满足女性观众幻想的角色,足够英俊,足够风趣,更重要的是,足够专情。当然,这一切都是因为郝思嘉,一个在战乱纷争中仍旧散发着光彩的女人,所以玩世不恭的白瑞德才会为之倾倒,才会心甘情愿地帮她准备逃亡的马车。故事的后半段,当我还在为费雯丽那精致的面孔着迷时，一旁的孙璐却利落地关掉了播放器，然后告诉我，情节到这里就可以了，不需要看结局。

但孙璐多半也猜不到，那天回去以后，我独自补完了故事的结尾。直至看到影片以两人天各一方为收场，我才明白她为什么要跳过这一段。在孙璐这样的理想主义者眼里，恋爱不仅仅是一种关系，更是一种仪式。为了维系这种脆弱的仪式感，她会本能地拒绝所有不美好的结局。孙璐从未意识到这是多可悲的一件事。她向童话故事里撒下了一把种子，却来到现实中等待它们生根发芽。

在我们结伴走出那家网吧的半年后，孙璐果真按自己说的那样报考了西部的大学，去拥抱远方那座充满诗意的荒凉又浪漫的城市。我不确定她真正向往的是来自远方的诗句，还是诗句中隐藏的远方，也不确定她喜欢的到底是诉说荒凉的浪漫，还是在浪漫下挣扎的荒凉。我唯一能够确定的是，当初我陪着孙璐写下的那封举报信没有起到任何作用，不然我们这些高三的学生也不会整个假期都窝在学校里补课。

孙璐是在大学的第一个寒假回到迁遥的，为此我不得不逃了两节课去迎接她。那天，我跑进门卫室塞给保安一包烟。在对方义正词严地拒绝我的同时，不远处的电动门缓缓裂出了一道缝隙。我心领神会，默默放下烟，钻出去和孙璐见了面。

看样子，孙璐已经习惯了自己的新身份，至少被陌生的环

第六章　乱世佳人

境磨去了一些棱角。她走上来，以一副过来人的姿态调侃着我身上松垮的校服。彼时正值寒冬腊月，压马路显然不是一个好选择。我们本打算去校外的那家甜品店里坐坐，途中却意外赶上了隔壁新店的开业庆典。接着，我就在摆满花篮的橱窗前看见了白姐，此刻她正站在鲜艳的条幅下面，笑意盈盈地扮演着老板娘的角色——就这样，我们成了这家餐厅的第一批顾客。

我与孙璐面对面地坐下来，彼此对视的一瞬间，竟让我感觉有些陌生。虽说自孙璐毕业以后，我俩一直保持着电话联系，不过多数时候，我都是在听她讲述自己的大学生活，例如哪天在校外偶遇了某个暗恋她的学长，例如哪个高中同学为了追她也来到了这个学校……我不明白孙璐干吗要告诉我这些事情，她的话除了让我心烦之外毫无意义。更可悲的是，每当我想要说点什么来打断她的时候，却发现自己根本没有什么值得开口的东西。这荒谬的场景令我确信，我们之间的区别已经不仅仅是一件校服了。

孙璐一边翻看着菜单，一边头也不抬地问我："咱们学校食堂的饭菜，还那么难吃吗？"

"难吃，一点没变。"我听着纸张的摩擦声，一些话开始在心里发酵。

"自打我有印象开始，二中的食堂就不好吃，现在都快成传统了。"说完这句，她又笑了，"但你别说啊，以前天天骂的，现在还真有点想了。"

我叼起一根烟，将烟盒推过去："来一根？"

"我戒了。"她回答。

"什么时候的事？"我酝酿许久的话，也被打断了思路。

"半年前就戒了。"孙璐点了菜，转头看向我，"这事我没跟你提过吗？"

"可能吧，我忘了。"打火机的脆响让我心安，因为只有在点火的时候，自己才有理由不看她的脸，"这下可好，你教会了我，自己倒不抽了。"

"你也别抽了，没什么意思。"对方坏笑一声，似乎早有准备。她打开了手提包，拿出一只黑色的盒子："我这次回来，带了点新玩意儿给你试试。"

"什么东西啊？"

"等你回去，打开看看不就知道了？"

我不情愿地伸出手，收下了那个盒子。其实不用看也知道，里面多半是她从夜场淘来的乱七八糟的东西，比如五颜六色的小药丸或小药片。孙璐曾在电话中直言不讳地说过，自己在课业时间之外，偶尔也会去些娱乐场所找点刺激。我不清楚她为什么会染上这种嗜好，或许，这个女人只是觉得这么做很有情调，想借此来弥补自己的心理落差——那座西部的城市没有古诗中那样荒凉，自然也比她想象的少了几分浪漫。

第六章　乱世佳人

"我也是蠢,相信一千多年前的鬼话。"说着,她忽然来了精神,"哎,要不你去那边陪我吧?"

"我?"

"对啊,你可以报考一个和我同城的大学。等过几年咱们毕业了,就一起去一个想去的地方。"

"然后呢?"

"没有什么然后了,我还没考虑那么多呢。"

"那你计划这个干吗?"我问,"我们现在谈恋爱,不就是为了将来做准备的吗?"

"将来的事将来再说,跟现在有什么关系?"孙璐一脸的不耐烦,"你还没回答我呢,明年你要不要填一个那里的志愿?"

"我也没考虑那么多,以后再说吧。"

"做个决定而已,这点儿事有什么好考虑的?"

"我不想谈这个。"

"可是我想谈。"

"那你想过没有,或许到那个时候,我们就不在一起了?"我不知道自己说这句话时脸上是什么表情,也不知道我们以后到底还能一起走多远,我只知道我已经厌倦了每天晚上的电话,已经厌倦了她在每晚的电话中说给我的每一个字。

没想到,孙璐却满不在乎地说:"我干吗要想这些?"

"那万一……"我咬咬牙,终于说了出来,"我是说万一，我喜欢上了别人呢？"

"不可能，你要是和别人有意思，我早就知道了。"她抬起脸，与我对视着，"就算我不在这边，也有人替我盯着你。"

"孙璐，"我侧过头，语气无奈，"你能不能，能不能别搞得我们好像是敌人一样？"

"我自己的男朋友，我当然得留意了。"她从容不迫，"而且我告诉你，就算是分手，也得由我提出来，你说的不算。"

"为什么？"

"别忘了，当初可是你提议在一起的。想谈就谈，想分就分，哪有这种好事？"

"如果有那么一天，我非要和你分手呢？"

"那我就去死好了。"她看着我，微微一笑，"不过，你得陪着我一起。"

25

事实上，我欺骗了孙璐。

我根本就没打算要报考她那边的学校，只是不敢在对方面前承认罢了，所以我只能继续敷衍着，既不答应，也不拒绝。恰巧就在那段时间，我从慧姨的口中得知了我爸希望我去南方读书的想法。于是我本着顺水推舟的态度，接受了这个看似无理的建议。我猜林长青到现在也想不通，当初我为何会答应得

第六章　乱世佳人

那么爽快。紧接着，我故意将这件事情透露给了孙璐，想要借此机会和她提出分手。我承认这是个很卑鄙的做法，我用谎言换来了一个替自己解脱的理由，又很不厚道地将原因都归咎到我爸的身上。然而，遗憾的是，孙璐并没像我猜测的那样反应激烈，她不再强迫我尝试其他的选择，自然也没给我说出分手的机会。

此后，我刻意减少了与孙璐的联系，要么拖延回复她消息的时间，要么索性忽略掉对方的来电。渐渐地，我们不再例行公事般地互道晚安，通话的频率也从每天一次变成了每周一次。可惜，彼此的貌合神离丝毫没有让我感到解脱，反而让我开始不停地吸烟，一包接着一包。曾经的热情在我的指尖一点点燃烧，又一点点冷却，最后只剩一丝余烬摇摇欲坠，将熄未熄。

高三那莫名的焦躁让时间流逝得很慢，我花费在买烟上的开销也水涨船高。那些被我按灭的烟头，慢慢在窗台上堆成了一座小山。临近高考，教导处对现行的规程进行了升级。面对不断加大的处罚力度，大部分烟民都有所收敛，走廊尽头的那间空教室也因此冷清了许多。多数时候，来这里吸烟的只有我一个人。尤其傍晚时分，冬日的天色黑压压地沉下来，整个房间被一片阴影笼罩，显得越发孤寂。

那些日子，每个老师都会告诉我们，当下是人生中最值得铭记的时段。我却觉得现实情况根本没那么夸张，只是大家已

103

经习惯做出一派激动人心的样子，所以我们身上的校服才变成了皇帝的新装。这一年的生活不过是一壶开水，每天看似沸腾，实则在不停重复着无味的平淡，等水烧干了，我们就走了。

高三的下半年，准确点说，是高考倒计时还剩一百天的时候，二年级的文科重点班搬到了我们教室的楼下。我还记得在那个无聊的早会上，班主任刚刚提到这件事，几个和我关系不错的同学便在一旁起哄。因为他们发现，自从班花上次对我网开一面后，就常常去那个教室找我，甚至某天还和我一起吃了饭。于是，班上的好事者就像当初围观我和孙璐那样，把自己多余的热情又用在了我的身上。他们坏笑着说我这么快就能把班花拿下，着实功力匪浅。我听了也只是笑笑，不置可否。更有一部分热心观众不厌其烦地问我，那个傍晚我到底和班花说了什么。而我依然告诉他们中的每一个人，这是秘密。

某天晚自习的课间，我同往常一样走进那个教室，接着在开门的瞬间，看见了独自在窗前发呆的班花。我悄悄绕到对方后面，拽了一下她的马尾辫。

"哎！"她转过来，眉头一皱，"要死啊！"

"你来这儿干吗？"我问。

"你不是说那天晚上，你在这儿看见一只猫吗？"她解下了发绳，重新扎起辫子，"我来找找，说不定它又来了呢！"

"所以呢？"

第六章　乱世佳人

"要是流浪猫的话，我就抱走养了。名字我都想好了，就叫它'一休'。"

"这名字听着不错，跟你倒是挺投缘的。"我拿出火机，点了一支烟，"不过你又没戴眼镜，这会儿黑灯瞎火的，能看到什么啊？"

"你管得着吗？"她白了我一眼。

"我怎么管不着？"我还击，"你说你老往这边跑，也不知道避避嫌，我们班同学都说咱俩正谈恋爱呢。"

"是吗？"她一愣，笑了出来，"为什么啊？"

"前几天在食堂，他们看见咱俩在一块吃饭来着。"

"这就叫谈恋爱了？"

"那怎么才叫谈恋爱？"

"至少也要牵手、接吻之类的才算吧。"

"那下次当着我同学的面，咱俩试一下给他们看看？"

"去死吧，神经病。"她打了我一下，"你们班的人可真够八卦的，以后可以当当小报记者什么的。"

"快高考了，总得找点事情释放一下压力。"我随手将窗户拉开，朝外面弹了弹烟灰。

"还抽，天天就知道抽！"她夸张地挥舞着手，试图驱赶周遭的烟雾，"你就不能把烟戒了吗？"

"你管这个干吗？"我伸了个懒腰，不以为然，"怎么，又要轮到你值周了？"

"想什么呢？"她一下子正经起来，"我是怕你老这么吸烟，对身体不好。"

我一怔，心里仿佛有某样东西活了过来。我期盼了这么久，终于有人对我说出了这句话。尽管事出意外，尽管为时已晚。

我把烟蒂从嘴上取下来，发自肺腑地对她说："不骗你，其实我也想试试，试试怎么才能把烟戒了，我都快忘了一个月不抽烟是什么滋味了。"

"得了吧。"她不屑地撇撇嘴，"别说一个月，你一周不抽都是见鬼了。"

"你别不信，我要是能戒烟一个月，怎么算？"

"什么怎么算？"

"这样吧，咱们俩打个赌。要是我坚持不到一个月，我就想办法把那只猫给你抓来。"我犹豫了一下，继而话锋一转，"但我要是能坚持一个月，就……"

"就怎么样？"她笑着将我手上的烟夺走，却又不知道该如何熄灭它。微弱的火光随她的手腕摆动着，忽明忽暗，像是一只迷途的萤火虫。

"我要是能坚持一个月，咱们俩就谈一下试试，我没开玩笑。"说话间，我抬起手臂，抓住了那一点光亮，自然，也抓住了她的手——我承认，有那么一瞬间，我忘记了孙璐。

第六章　乱世佳人

对方似乎是被这突然的触碰吓到了，不安地拽着自己的校服。但是，她没有躲闪。

"怎么样，敢不敢？"我说这句话的时候，大脑一阵空白。当我恢复了理智以后，想到的第一个人居然是我爸。他忍了一年多才好不容易把孙璐送走，如果被他撞见这个情景，我打赌，他一定会疯掉的。

欲望，是一株有生命的植物，在每个华灯初上的傍晚，在每个寂然无声的深夜，盘根错节地生长着。我们越是裁剪它的枝叶，它生长得就越是茂盛，然后，一辈子根植于我们的生命之中，开花，结果。

26

除去跟沈明昊的会面外，还有一件事情我忘了说。

那天从白姐的店里离开不久，我的手机收到了第二条和孙璐相关的短信。与之前不同的是，发送方并非孙璐的号码，而是一串从未在我的手机里出现过的数字。我之所以确信这条消息与孙璐有关，是因为其内容与我前年除夕收到的那条短信完全相同——我从未跟别人说起过，孙璐在坠楼前两小时，曾给我发送过一条信息，上面写着："你真恶心。"

第七章　镜中花

27

三月份即将结束的一天，余倩的父亲住进了医院。

这个消息传来的时候，我和余倩正在逛商场。那天上午，余倩顺利通过了自己的职业考试。作为祝贺，我答应她可以任意挑选一样想要的礼物。然后，电话铃声就在她拿不定主意的几秒之中响起了。再然后，几乎半个商场都听到了她的惊叫。

其实我听到这个消息也有点慌，但还是故作镇定地对她说："别急，我送你过去。"

我们抄了一条近路，匆忙抵达医院。直到走进病房的那一刻我才发现，余老师的情况远没有余倩讲的那么乐观。依照值班护士的说法，像这种临床表现十分明显的病症，往往首次检查时就可以确诊了。也就是说这段时间以来，余倩的父母一直对她隐瞒病情。

第七章　镜中花

此刻，余老师在我们的面前平静地沉睡着，安定的药效将会让他持续这个状态一整天。余倩的妈妈守在病床旁，脸上虽然能看出担心的神色，但举止依旧得体。在余倩为我讲述的那个故事里，这个女人沉着冷静地捍卫了自己的爱情，是个厉害的角色。

令我有些意外的是，紧张了一路的余倩已没了方才的失措，反而冷着脸向她妈妈质问道："我爸的情况这么严重，你们为什么不告诉我？"

她妈妈温和地笑了一下，对她说："你最近要准备考试，我们不想你分心……"

"考试？"余倩毫不留情地打断对方，"考试比我爸的病还重要吗？"

这是我第一次见到她如此激动，以致她妈妈的笑也僵在了脸上。眼看争吵就要在两人之间爆发，我觉得自己有义务缓和一下气氛，便抢先一步向余倩的妈妈问道："余老师现在的情况很严重吗？"

"还好，状况已经稳定了。"后者领会了我的意图，语气欣慰，"宇谦，这次真是麻烦你了，还特意跑来一趟。"

"阿姨您别这样说，出了这么大的事儿，我帮点忙是应该的。"

"等老余醒了，知道你来过，肯定很高兴。"

"唉，高中那几年，余老师一直都很照顾我。反倒是我不懂事，给他添了不少麻烦。"我没在跟她客套，说的都是真心话，"其实现在想想，余老师是碍着我爸的面子不好说些什么，真挺让他为难的。"

"也不能这么说。"余倩的妈妈摇了摇头，"老余关照你，不完全是看你爸爸的面子，更主要的是因为你爷爷。"

"余老师认识我爷爷？"

"当然了，算起来他们还是同乡呢。老余很早就跟我提起过，他上学那会儿都是搭生产队的马车，有一年冬天，马车横穿千舀湖的时候把冰面压塌了，多亏你爷爷路过才把他救上来的。"

"原来真的有这回事。"我兀自嘀咕着。

"倩倩，时候不早了，你们先回去吧。"她转过脸，看着余倩，"一会儿你爸醒了，我在这儿就行。"

"我也留下来。"余倩还在耿耿于怀，坚持着一副对立的姿态。

"不用，医生说暂时没什么大碍了。"余倩的妈妈摆摆手，"你留在这里的话，宇谦也不好意思离开，结果谁都走不成了。你懂事一点，就算你不想回去，人家明天还要上班呢。"

我忽然间明白了，余倩的妈妈是想和余老师单独待一会儿。不知道在夜深人静的时刻，她还会不会想起余老师曾经的不忠。可是话说回来，那已经不重要了。在这间病房里，所有的谎言

第七章　镜中花

与猜忌都变得不值一提。没有什么地方比医院更能够洞悉人心了，因为只有在生老病死面前，我们才会回归"人"的本质。所以我才有机会看到，半生的风雨过去，这个女人仍旧守在这里。守着他们的秘密，还有默契；守着他们的过去，以及将来。

就这样，余倩虽不情愿，但还是跟着我离开了病房。悠长的走廊里，她一言不发地走在我的前面，给人的感觉就像是在赌气。行至走廊尽头的电梯间，余倩终于停下脚步。这时我才发现，她早已哭红了眼眶。随着阵阵的抽泣声越发明显，余倩再也抑制不住，蹲在地上大哭起来，似乎完全忘记了自己是在医院。

眼前的状况令我手足无措，短暂的犹豫过后，我只能走过去抱住她，轻轻拍打她的后背。电梯抵达的铃声在我们前方响起，不知道电梯里有没有其他的乘客，无所谓了，我已经做好了迎接那些怪异目光的准备。然而几秒钟以后，当电梯门真正开启的一刻，场面却比想象的更加令我措手不及，因为从里面走出来的人，是慧姨。

我不好描述慧姨撞见这番情景时的惊讶，总之她脸上的表情一定比我还要夸张许多。除此之外，我在她的惊讶中还隐约看到了些许喜悦，以及因我的隐瞒而流露出的一丝失望。

事情的后续，自然是慧姨弄清了她想要弄清的前因后果。经过此次尴尬的偶遇，家里算是正式知晓了我和余倩的关系。

这个结果也并非全无好处，至少以后我可以光明正大地陪着余倩去探望余老师。只不过接下来的几天中，慧姨每次与我通话都会紧紧围绕这个话题。她坚持要我等余老师的病情稳定了，就挑个日子带余倩回家看看。我胡乱地应着，暂时没有回去的意愿——自从那场大雪过后，我始终没找到一个合适的姿态去面对慧姨。幸好，我还有一个可以拖延的理由，那就是公司突然发来通知，我参与的项目复工了。

谁都没有想到，在开发商与"钉子户"漫长的僵持中，叶子的爸爸竟然笑到了最后——这个令人大跌眼镜的结局，再一次成为项目部的新闻。我实在想不出甲方向叶伟生妥协的理由。要知道，整件事情绝不是一笔钱那么简单，一旦这个消息传开，其他的动迁户也必然会提出相似的要求。由此产生的后果，不仅会给工程的建设带来诸多不便，也在无形中增加了我们的工作难度。但不管怎么说，叶伟生还是赢了。开发商满足了他提出的所有条件，并且比原计划足足提前半年支付了补偿款。

于是，下一步，该换叶伟生履行自己的承诺了。通知他搬走的那天，我恰巧也在场。

那是个雾气缭绕的早上，我作为施工单位的代表，跟着吴队长来到了待拆迁的现场。跟上一次来时相比，那个巨大的水塔已经不见了踪影，只剩下遍地的砖块瓦砾，低声诉说着旧日的时光。可以想见，如果叶伟生的问题能够顺利解决的话，这

第七章　镜中花

个被人们遗忘的角落很快就会被钢筋水泥填满，进而构筑起这片名为"迁遥"的混凝土森林的一角。也许多年以后，当我的后代站在鳞次栉比的高楼之间时，心中会觉得奇怪，为何这个被人叫作"旧城区"的地方会是一副崭新的模样。那么我会告诉他，世界总是在变的——真是充满哲理的一句话。

只不过走进叶伟生住处的时候，我发现有些东西还是没有变化。比如同样的沉堕腐朽，比如同样的令人厌恶。无数酒瓶七扭八歪地躺在地板上，和堆积如山的生活垃圾一起争夺着我们脚下的空间。

客厅中央的旧沙发上，叶伟生将酒缓缓注入杯中，旁若无人。一阵冷风吹过，他抬起自己粗糙的脸，趾高气扬地打量着我们。轻蔑的目光在扫到我的一瞬间稍稍停顿了一下，显然对我的出现有些意外。但就眼下而言，他似乎没什么兴趣搞清楚这个。

吴队长冷着脸走过去，虽然嘴上什么都没说，但我看得出来，他心里已经在骂娘了。

叶伟生仍然不为所动，继续喝他的酒。那个不起眼的玻璃杯，就在这一起一落之间，成了胁迫对手的道具。

吴队长终于按捺不住，先开了口："你厉害啊，老东西。整片动迁区就你一个人拿了钱。"

"哟，原来那笔钱是你们打来的？"对方明知故问，"我记得当初你可不是这么说的，你不是想看看谁能耗得过谁吗？"

吴队长不理会，把协议书拍在了茶几上："钱都拿到手了，赶紧把字签了吧。"

叶伟生拿起那几页纸，摆出一副慵懒的样子。他靠在沙发上看了好一会儿，才颐指气使地伸出手："笔呢？"

吴队长脸色一沉，不得不将笔递过去。

"我还以为你不好意思来呢。"叶伟生慢悠悠地写着，"你叔叔也真是不开眼，叫你来处理这件事，这不是给自己添堵嘛。"

"你得感谢我盯了你这么长时间，不然你就是死在这儿也没人知道。"吴队长见对方签完了字，一把抓过协议书，"现在好了，你就是死，也得给我死外边去。"

"放心吧。"叶伟生又倒了一杯酒，语气讽刺，"我得换一套更大的，用你们的钱。"

"也是，听你邻居说，这房子本来就是你从你前妻手里要来的，住着肯定舒坦不到哪儿去。你倒不如提前给自己买块墓地，省得以后没人归置你。"

"小子，嘴巴干净点！"

"少废话了，两天之内，赶紧收拾东西滚！"吴队长骂了一句，转身准备离开。

叶伟生意外地没再说什么，反而不紧不慢地站起身，将杯中的酒喝了个精光。就当我意识到情况有点不对头的时候，他已经扔掉杯子，抄起了桌上的酒瓶。我心念不好，急忙上前制止，

第七章　镜中花

可到底晚了一步。那个酒瓶就像一枚被引燃的爆竹，顿时在吴队长的头上炸成了碎片。然后，整个世界就在这一声脆响过后，彻底地安静下来。

28

随着余老师的病情好转，和余倩见面的计划又被慧姨提上了日程。在她的连番催促之下，我只好带余倩回家吃了顿晚饭。回去的日子是我特意挑的，选在了我爸的晚课排得最满的一天。至于原因，大家都心照不宣。虽然这顿饭一共只有三个人，慧姨还是执意做了一大桌子的菜。

对了，还有个小插曲需要交代一下。回家之前，我刚刚去派出所做了笔录。因寻衅滋事被处罚的叶伟生不配合调解，已经构成了治安拘留的条件。我本打算将这个消息告诉慧姨，可是她在厨房里忙碌的身影让我放弃了这个想法。慧姨为我们操的心已经够多了，我没必要再给她添堵——不会被轻易戳穿的隐瞒往往是出于善意的，就像慧姨骗我说孙璐的父亲不想追究我什么一样。

晚餐进行得还算顺利。余倩和慧姨似乎很投缘，丝毫没有初次见面的生疏。至少聊到余倩的摄影作品时，慧姨表现得比我更感兴趣，也比我更有共同语言。因此，被余倩评价为"俗不可耐"的我，不幸成了两人打趣的对象。

"你们平时都喜欢搞艺术,又是摄影又是写作的。"我无奈地笑,"我就是个粗人,哪懂这些东西?"

"你还好意思说。"慧姨面有愠色,"要不是我撞见你们在一起,你是不是还想继续瞒着我?"

我自知理亏,埋头吃菜。

慧姨见我不再说话,转而跟余倩抱怨道:"年前那会儿,我问宇谦和你有没有联系,他还不承认呢。"

后者听了,连忙解释:"您别多想,其实我们俩也是最近才在一起的。"

"好好,总之,你们这样就挺好。"面对余倩,慧姨简直随和到了极点,"多好的姑娘啊,我一直都想要个这样的儿媳……"

"慧姨,你说什么呢!"我忍不住截断她。

"有什么不能说的?"慧姨认真起来,"倩倩聪明漂亮,还这么懂事,你得好好把握。"没错,她已经开始叫"倩倩"了。

"对了,您最近还写小说吗?"余倩脸色绯红,只得换了个话题,"我听宇谦说,您还在杂志上发表过文章呢。"

"那都是过去的事了,我好长时间不动笔了。"

"这么难得的爱好,放下了多可惜呀。"

"我也不过是随便写写,谈不上有什么可惜的。现在对我来说,只要宇谦和叶子能过得好,我就心满意足了。"

第七章　镜中花

"慧姨，"我插了一句，"瞧你说的，好像我们之前过得不好似的。"

"我是希望啊，你们能变得更好。"慧姨一高兴，话也多起来，"其实今天真该让你爸也回来的，自从他知道你俩在一起，逢人就要说一下这件事。"

"咱们吃得好好的，提他干什么？"我放下筷子，取来了背包，"反正我觉得这顿饭，三个人正合适。"

"行，不说他，不说他。"对方及时打住，生怕煞了风景。

我打开背包，拿出白姐还给我的那本书："慧姨，你把这个带回店里吧，放我这儿糟蹋了。"

"你不是把它送人了吗？怎么拿回来了？"

"那天有点事情耽搁了，没送成。"

"欸，看见这个，我记起一件事情来。"她说，"那天上午你把书取走之后，有个女人来过。那人在店里转了一圈，问我是不是你母亲。我看她有点眼熟，但一时又想不起在哪儿见过。三四十岁的样子，长头发，你有印象吗？"

"没印象。"我尴尬地同余倩对视了一眼，又向慧姨问道，"她还说什么了？"

"没了，就问了这么一句话，要不我怎么觉得奇怪呢。"正说着，厨房传来一阵异响，她站起来，"呀，瞧我这脑子，锅里还煲着鱼汤呢。"

"我来吧。"我跟到厨房,帮慧姨的忙。

"当心点,用毛巾垫一下,别烫到手了。"她拿着勺子,像是想到什么似的说,"还有件事情,我得跟你说说。最近叶子的状态不太对劲,貌似是考研没考上。"

"你给她打电话了?"

"可不是嘛,之前打了好些次,她老是不接。好不容易有一次打通了,没说几句又给我挂了。我听她口气不怎么高兴,就没有细问。"

"没考上就没考上吧,过一段时间就好了。"

"嗯。回头我让你爸请几天假,趁着五一假期,咱们一家人出去走走,正好让叶子也散散心……"

当天晚上,慧姨留余倩在家里住了下来。理所当然地,余倩被安排在叶子的房间。只要她仔细留意一下,就可以在屋里发现许多惊喜,比如少女心满满的卡通抱枕,以及整整一个衣柜的粉色衣服。

入夜,我在床上习惯性地划动手机。近几天,孙璐的电话再没有打过来,我定期清空通话记录的习惯,让她之前的来电都失去了痕迹,只有手机信箱里还保留着两条信息——其中的一条,自然来自孙璐的号码,另一条则是前段时间凭空出现的,对她生前那条消息的复述。就在这时,一阵短促的铃声响起,那个陌生号码的消息栏中又多出了一条短信。我正准备将其点

第七章　镜中花

开,余倩却悄悄走了进来。

只见她拎着手提包,对我俏皮地一笑,说:"我来陪你了。"

"怎么了?"我装出一副很意外的样子,"住不惯那个卧室?"

"被一屋子的'凯蒂猫'盯着看,睡不着。"她关上门,哈欠连连,"明天我还得早起,去医院看我爸呢。"

"那你就睡这儿吧,明早我送你。"

"哎,你妹妹挺有意思呀。刚刚我在她房间里瞧了瞧,枕头下面竟然还有个护身符。"

"你别乱动啊。那是我爷爷周年的时候,叶子花了三百块买的,据说还请大师开过光呢。"

"真够迷信的。"余倩说着说着,一下子正经起来,"你父母的那件事,你和你妹妹说过吗?"

"当然没有。"我语气肯定,"那是上一代人的恩怨,跟叶子没有关系。"

"可是她早晚要知道的吧。"

"知道什么?知道自己是个私生女?"我收起多余的表情,毫不犹豫地回答她,"不会,只要我在,她就永远不会知道这个。"

"真奇怪,你刚刚说话的语气,跟上学的时候一样。"余倩微笑着坐在床边,从手提包里掏出一个梳妆盒,"好了,你先睡觉吧,我敷个面膜。"

我平心静气地躺下来,感受着这片刻的温馨。

欲拒还迎的困意不期而至。睡眼蒙眬间,余倩的笑容让我如痴如醉,好像这才是生活本来的模样。经过这一年的沉寂,别人看我的眼光虽不像当初那般异样,但多少还会受到那件事情的影响。我知道,人们总是本能地喜欢进行无端的猜忌,尤其在我们这种小地方,更容易懂得"人言可畏"这四个字的含义。余倩则有所不同,她让我找到了那种温柔乡的感觉,她让我相信生活在一点点被修复。短暂的安稳,奢侈的平和,是她给我的,是我欠她的。

"有件事情我一直不明白。"余倩换上一身紫色的睡裙,背对着我问道,"我去找你的那天,就是下大雪那天,你为什么会答应我?"

我沉默许久,回答她说:"因为我想重新开始。"

"重新开始?"她打开了那个梳妆盒,露出一块小小的镜子。

"对。"我说,"那你呢?你是什么时候对我有好感的?"

"就是高三那年,你和班主任吵起来的那次啊。"余倩一边照着镜子,一边往脸上贴面膜,"打那以后我再看你,总觉得跟别人不一样。"

虽然心中有些惊讶,但我明白她说的是什么。那是高考前夕的某天,值周生在我们班的走廊发现了一个烟头,并因此扣掉了班级的考核分。班主任根据以往的经验,想也不想地就把

第七章　镜中花

这件事情记在了我的头上。假若换作平常,一个烟头而已,我也不会多说什么。不过那次有所不同,当时正值我与班花打赌戒烟的期限之内,我不想被这个插曲误了正事。于是,我反驳老师说,那个烟头不是我丢的。

我的不配合令班主任很意外,或者说,令他很下不来台。对方找不到证据来证明自己的猜测,索性一不做,二不休,直接在课堂上骂我不知廉耻。我不示弱,当即骂了回去。要不是有其他人拦着,我们难免会在大庭广众之下动手。

同大部分学校一样,在迁遥二中,辱骂老师是极其严重的违纪,最少也要停课一周。但由于高考迫近,余主任为了不影响我复习,当然,也是看在我家的面子上,答应我只要道歉就可以免予处罚。我不同意,就像当初顶撞我爸一样,宁愿停课也不服软——就这么在不知不觉间,我变成了孙璐最想看到的样子,尽管当时的我已经打定主意要背叛她了。

想到这里我才终于明白,孙璐也好,余倩也好,原来她们喜欢的都是一样的东西。

在这个令人想入非非的夜里,在这种诡异的相似感的驱使下,我就像当初问孙璐那样问余倩:"如果有一天,我要和你分手怎么办?"

"很简单。"她不假思索地说,"如果你要分手的话,那我就去死好了。"

"你说什么？"我不敢相信自己的耳朵。

"你知道我说的是什么。"镜子里面，余倩开始一点点揭下面膜。紧接着，一阵寒意陡然袭来——我分明看到，镜中慢慢显现出来的，是孙璐的脸！

"我说过，"她看着我，冷冷地笑，"你要陪着我的。"

我忽地从梦中惊醒，心脏狂跳不止。

一旁的余倩翻过身，有些紧张地问："你做噩梦了？"

"啊，没事。"我坐起来，看了一眼墙上的时钟，凌晨五点。恍惚之间，脑海里的画面依旧真切可见。我看着余倩，抱歉地说："我吵醒你了吗？"

"没有。"她向外挪了挪身子，有些不自然地扣过手腕。

"你在干什么？"随着双眼渐渐适应了当前的环境，我发现余倩拿着的是我的手机，"你在偷看我的手机？"

"我没有……"或许是觉得自己的辩驳过于苍白，她只好向我承认，"我只是好奇，好奇你的手机里有什么东西。你平时老是捧着手机看，一动也不动，就算没消息进来的时候也是。"

"余倩，"我怒气不减，"这不能成为你偷看我手机的理由。"

"对不起。"她像个受了委屈的孩子，小心地把手机还给了我。

梦虽然没有变为现实，余倩却终究成了孙璐。

第七章　镜中花

　　我并非不信任余倩，只不过有些事情我还不能坦诚相待，孙璐的秘密就是其中之一。好在余倩不知道我的手机密码，应该没看到什么可疑的内容。同时我也安慰着自己，就算她点开了昨晚的短信，一时间也不会发现什么异常——不同于之前的装神弄鬼，那条信息十分简洁明了："清明上午十点，书店门前见。"

第八章　埋葬爱情

29

　　北方的春天，其实是从四月才真正开始的。一夜之间，仿佛脚下的地面也柔软了起来。人们等待着这座小城从沉睡中苏醒，等待着一种名为"生机"的东西破土而出。

　　在春风带来的阵阵暖意中，我忽然有一种预感，我预感到孙璐的事情很快就要做个了结了。至少从现有的状况来看，清明节的会面将是至关重要的一环。我有认真考虑过与对方见面的方式，相比按约定在书店门口等对方现身，似乎躲在暗处提前观望一下更为妥当。比如白姐店里那个靠窗的位置，就是个不错的选择。

　　清明节到来之前，还发生了一件事——余老师在治疗过程中突然陷入昏迷，随后被沈大夫转移到了重症监护室。得知这个消息，我立即请了假，径直赶往医院。

第八章　埋葬爱情

那天，迁遥飘下了年后的第一场雨。淅淅沥沥的雨持续了一整天，丝毫看不出停歇的迹象。探视时间之外，余倩靠在走廊的长椅上，一声不吭地望着脚下的地板。她妈妈的情况则更为糟糕，与人交流也只剩下麻木地点头、摇头，相比前几天简直判若两人。我完全没有想到，这个利落的女人竟会如此不知所措。又或许，这才是她卸下防备后的真实模样。

半小时后，沈大夫终于从病房里走出来。面对迎面而来的问题，他也只能委婉地回答："不乐观。"

我紧紧攥着余倩的手，耳边是她沉重的呼吸声。看着医生、护士匆匆走过，我的存在反而显得多余。但我觉得在这么关键的时刻，自己有义务陪在余倩的身边。起码对她而言，多一个人就会多一分心安。

然而，余倩却抬起头，看着我的脸说："你回去吧。"

我怔了一下，随即对她说："没关系，我在这儿陪你。"

"你回去吧。"她依然重复着这句话，"求你。"

直到我坐上车从医院离开，余倩悲哀的语调仍然萦绕在耳边。我何尝不了解那种惊悸不安的滋味——张皇、无助，以及莫名的孤独感。上一次，或者说一年前，我就是在这样的状态下，看着爷爷被推进了急救室。

也许对于没有经历过的人来说，"生离死别"是一个很遥远的概念，就像故事中的恶俗情节，或是电影里的黑白画面。

只有切身的体验才能让人明白,从抗拒到接受是一个怎样艰难的过程。生活使我们拥有了走出悲伤的能力,却也替我们保留着那些苦涩的记忆——人类的悲欢可能无法相通,但是思念可以。

我至今还能回忆起来,那种心悸是午夜刚过一刻涌上来的。当时,全家人都屏息守在急诊室外的走廊上。外面是从零点开始就没有停过的,为了庆祝小年到来而燃放的烟花。焰火的色彩加上爆竹的声音,让我们所处的世界变得虚幻起来。我爸一次又一次站起又坐下,整个人始终被急救室门上的灯光笼罩着。我身边的叶子则红着眼睛,沉默地蜷缩在慧姨的怀里——二十分钟前,老年公寓的来电在家里人刚刚入睡之际响起。我和我爸匆匆披上衣服准备出门时,慧姨和叶子也坚持要跟过来。由于事发突然,叶子连外套下面的睡衣都没来得及换,此刻还在微微打战,可能是因为医院走廊的温度偏低,可能是因为她从未与死亡如此接近过。

那漫长的几十分钟里,我盯着头顶的天花板,试图看清角落的纹路——就算看不清也无所谓,我只是需要做点什么帮助自己保持镇定。叶子裹紧了外衣,问我们说:"如果一会儿急救室上面的灯灭了,是代表爷爷没事了还是……"

"叶子,"慧姨打断了她,重重叹息一声,"咱们不说这个,好吗?"

第八章　埋葬爱情

尽管我们努力对这个问题视而不见,可是那盏昏暗的灯终究还是灭掉了。然后,医生推开门走出来,对着我们摇了摇头。

我爸默默地背过身,避开了叶子的眼泪。我的身体仿佛失去控制一样站了起来,又被一阵突如其来的眩晕给按了下去——我从没有过这般违背直觉的经历。那个看似很遥远的故事情节,在一夜之间来到了自己的身边。尽管窗外那缤纷绚烂的烟花提醒着我,世界并没有像电影演的那样变成黑白的画面。

手术室外面的计时器的数字仍在跳动,但是那行数字已经失去了意义。据说一个人临终前的时间会被无限延长,从而让曾经的片段像走马灯一样闪过。不知刚刚过去的几分钟里,爷爷会怎样回顾自己的一生。我猜他更愿意走出那栋老年公寓,亲手将荒废许久的木器厂复原。只是最终,木器厂还是会由生产队接管,而他告别了自己心爱的女人,跟随部队南下入关——我想象着爷爷在生命的最后一刻,在那被当作炮火的爆竹声中,他奔赴边疆踏入了战场,上阵杀敌,直至牺牲。

30

雨水在玻璃上拍打了一夜,终于在第二天清晨倦下来。随着窗外的雨势渐弱,我收到消息,余倩的爸爸没能从昏迷中醒转。换个迷信一点的说法就是,余老师是被一场春雨带走的。

那段时间,我无数次点开余倩的号码,却始终没能打出一通电话——我拿不准接通后该怎么开头,也没想好挂断前该如何收尾,我找不出自己可以安慰她什么,也不知道还有什么能够安慰她的。有些时候即便希望渺茫,我们都可以不问缘由地去期待一个好的结果。可是在一个明明白白的结果面前,所有的安抚与劝慰都不过是自欺欺人而已。

再次与余倩见面,是在三天以后,余老师的葬礼上。我看得出余倩近来都没怎么休息过,至少脸色已经有了肉眼可见的变化。从我们得知余老师病重到他去世,只有令人措手不及的短短几天,这让整件事情都有种不真实的感觉,仿佛连人们悲伤的情绪,都是在仓促间凑出来的。

殡仪流程接近尾声时,余倩的身影避开众人,沉默地离开了大厅。慧姨见状侧了侧头,示意我赶紧跟过去。就这样,我穿过弯弯绕绕的走廊,来到了空荡的家属室。余倩戴着黑色的孝章,一个人坐在那里发呆。我不确定在这样的处境下,她还能否同往常一样言语,便走到对方的身边,轻轻地叫了她一声。

余倩看过来,神色涣散,像是刚刚发现我的存在。

我在她的身边坐下,迟疑地说:"这几天我想过给你电话,但不知道该说些什么……总之,节哀。"

"我一直都想不通,一个人怎么会迟钝到这种地步?"她开口和我说话时,目光却散落在别处,"我爸爸在二中做了十年的教导主任,揪出了那么多早恋的学生,可就在他眼皮底下,

第八章　埋葬爱情

我喜欢你这么久,他居然一直都没察觉到。你说,怎么会有那么迟钝的人?"

"余倩,"我扶住她的肩膀,"你还好吧?"

余倩不理会我的话,依旧自顾自地说着:"还有他的病也是,如果他自己能多留意一下的话,肯定早就发现了。"她挽起手臂上的黑纱,"知道吗?我特别不想戴着这个孝章,因为无论走到哪儿,总有人盯着它看。对方要是问我还好,说出来也好受些。我最怕别人看到了,却什么都不问。他要是早一点发现自己的病,我就不用戴着这个东西了……"

"我明白,我明白你的感受。"我把余倩拥进怀里,试图让她平静下来。那一颗颗眼泪是如此灼热,几乎将我皮肤烫出一个缺口。

"这几天,我怎么都睡不着。"她的声音呜咽着,像是山谷里的风,"我说不清楚,自己为什么会怨恨他。"

"你不是怨恨他,你只是太惦念他了。"我腾出一只手,揉揉她的头发,"当初我爷爷去世,我把孝章套在胳膊上的时候,也是这种感觉。"

余倩抬起头,怔怔地问:"是不是只要我把这块黑纱扯下来,就可以忘了这些天发生的事情?"

"我想不会。"我照实回答。

"你爷爷去世以后,你戴着孝章到什么时候?"

"到头七,他去世的第七天。"

"那摘掉孝章以后,你又惦念他到什么时候?"

我看着天花板的一角,那里盈满了灯光。我说:"到现在。"

"我要怎么做?"她看着我的脸,抛出这个疑问,"我要怎么做,才能快点结束这一切?"

"什么都不做。"我对她说,"回去吧,回去休息。"

殡仪馆循环播放的哀乐,为我那天的记忆染上了悲伤的色调。在那样的音乐里,人很难集中精神。记得一年多以前,爷爷的葬礼也是在这个地方,大堂里的音乐更没什么分别。还有一个细节,我不知怎样跟余倩表达。那就是爷爷去世的时候,我完全没有哭。不是不伤心,而是觉得这回事发生了就是发生了,将自己的悲伤表现出来并不能改变什么。可惜人们总是认为,如果这种场合没有眼泪流出来的话,就是错的。

如今回想起来,当初的情景仍旧历历在目。身着寿衣的爷爷躺在大堂正中,他苍老的面容周围铺满了鲜花。来者们不会知道,老爷子不喜欢这么大的排场,更不喜欢这么多来吊唁的陌生人。这些人对着遗像鞠躬,一个个就像例行公事。他们走上来说节哀顺变,他们挤出人群匆匆离开。哪些是真心,哪些是假意,我一眼就能够看出来。众人之中,我还认出了几副面孔,那是木器厂的伙计们。面对老友的离开,他们并没有表现得很激动,反而表情淡然地站在一边,看着一群不相干的人哭天抢地。

第八章　埋葬爱情

可能到了他们这个年纪，死亡就是稀松平常的事情了，尽管我还是能够察觉到他们眼中的悲凉，也许，那才是真正的感同身受。

其实相较那些缓慢又折磨人的疾病，心脏病发作对爷爷来说是个体面的离开方式。他绝不会允许自己像一件标本那样躺在床上，在儿子的照顾下麻木地等待死亡降临。所以在某种意义上，爷爷已经很幸运了。他有一批志同道合的战友，有一座隐匿世外的木器厂。他曾经用手中的工具将一块块木头切割成形，然后在满地的碎屑之中赋予它们生命。我想到那些木材在他眼前活过来的一刻，爷爷会打心底里认为自己做的是一件了不起的事情。不知他到了那边，会不会把这些经历讲给奶奶听。说不定，对方年轻的容貌会让爷爷很羞涩，毕竟他是那么要面子的一个人，毕竟他已经比奶奶老了那么多。美人虽未迟暮，英雄却已白头。要知道高傲这种东西，是刻在一个人灵魂中的。

记忆深处，爷爷的遗体被推走火化，悼念的人群也散去了。我走到大堂外面，点开手机，屏幕上挤满了来自孙璐的未接电话——她已经在自己毕业的城市工作了半年，前几天才趁着年假回到迁遥。我自打上了大学以后，联系孙璐的频次越来越少，尤其这个寒假，更是索性不再与她通话。孙璐发短信叫我给她回电，我也当作没看到。好像只要自己不去触碰屏幕，上面一次次的来电就与我无关一样。更何况，我跟另一个女人在一起的时候，又怎么有脸去接她的电话？

我揣起手机准备回去，却无意间看到了我爸。他沉默地靠在角落，从外衣兜里掏出了一包烟——那是他买来招待客人用的，他本人已经戒了好多年了。我相信对方也一定看见了我，可是他没有说话，继续一点点撕掉烟盒的包装，就好像我这个人不存在。我站在一旁，看着他笨拙地从里面抽出一根烟，夹住，点燃。那是十几年来，我第一次见到他吸烟。

这时我突然发现，一起被点燃的还有自己头顶那根烟囱，此刻正源源不断地将烟尘送上天空。不，不只是烟尘，还有爷爷的灵魂，以及他灵魂中的那份高傲。

爷爷去世以后，家里忙了几天。跟着，老年公寓的管理员打电话过来，通知我们去搬空爷爷的房间。由于我爸和慧姨正忙着葬礼的后续事宜，这件事情自然落到了我的头上。临出门时，慧姨把我叫到一旁，有点不好意思地对我说，老爷子走得仓促，没来得及留下遗嘱，账户里的钱也早就被提出来了。我明白对方的意思，她是想让我仔细找找那个房间，看看爷爷有没有留下什么遗产。我理解，这是很正常的事情，不丢人。

当天晚上，我又踏进了那间熟悉的居室。虽然里面的陈设一点没变，给人的感觉却压抑了许多。爷爷的一些贴身衣物已经被取走，所以也没有太多的东西需要整理。我简单收拾了一下，打包出几个箱子。遗憾的是，其中并没有什么值钱的物件。一筹莫展的我环顾四周，总不见得爷爷把取出的现金藏了起来——

第八章　埋葬爱情

说实话，我也不是没这么想过，为此我还仔细翻找了床头和衣柜。我甚至怀疑过那件挂在衣柜深处的呢子大衣的衣兜，以及桌上几封贴好了邮票却没来得及邮寄的信，不过很明显，这些地方也藏不下什么。

翻箱倒柜之中，一只藏在抽屉深处的木盒引起了我的注意。我小心翼翼地将其取出，又在满心的猜度中把它打开——没有想象中的金银玉器，只有一柄木梳。

我认得这柄梳子，那是爷爷送给奶奶的礼物。没想到这么多年过去，爷爷还保留着这个。上一次见到这柄梳子时，它已经断成了两截，而我也只有六七岁的年纪。如今我即将大学毕业了才发现，原来爷爷早已凭借巧夺天工的技艺修复了它，不仅外形上看不出任何断裂的痕迹，摸起来也一如当初的光滑。

我轻轻地将梳子捧在掌心，学着爷爷那样用手指掠过木齿。就在声音响起的一瞬间，悲伤忽然汹涌而来，毫无征兆地浸入了我的五脏六腑。我深深地呼吸着，那些在葬礼上消失的眼泪，此刻一并还了回来。

我坐在空荡的房间里，独自一人沉默了很久。不找了，爷爷不会把钱藏起来，更不会把钱藏在这里。因为在他的眼中，那不是什么重要的东西。我将那件呢子大衣叠好，装进了满满当当的行李袋中。又收起了桌上的那摞信件，打算明天一早到邮局寄出去。这是眼下，我唯一能帮爷爷做的事情。

就在这时，门口传来了一阵脚步声。我抬头一看，居然是孙璐。

我来不及掩饰自己的惊讶，下意识地问："你怎么知道我在这儿？"

"你不肯回我短信，我只好去问你妹妹了。"她走过来，面无表情，"为什么不接我的电话？"

"你看见了，我家里现在乱作一团。"我叹了一口气，几乎是在恳求她，"你先回去，咱们的事以后再说，行吗？"

"不行。"她仰起脸，态度坚决，"你不说清楚，我不走。"

"我会说清楚的，你给我点时间。"

"给你点时间？什么叫给你点时间？我凭什么给你时间？"

"你们两个在干什么？"一个护工出现在门外，满脸厌恶地瞪着我俩，"要吵出去吵，这儿有老人！"

为了避开这栋楼的管理员，我带着孙璐来到了楼顶的天台。公寓的霓虹牌子静静矗立着，对面是医院彻夜不熄的灯火。光亮从漆黑的夜色中浮上来，与阵阵寒风一起充当了我们的观众。

"这下你满意了。"我抽出一支烟却想起自己忘记带火，只好心烦意乱地把它塞回盒子里，"你想要我说什么？"

孙璐盯着我手中的烟盒，突然没头没尾地问了句："我送你的东西，你还留着没有？"

"什么东西？"我一愣。

第八章　埋葬爱情

"大学的第一个寒假,我刚从外地回来那会儿,送给你的东西。"

我想起她送我的那个盒子,可是当初自己随手放在哪里已经完全没有印象了。我摆摆手,心虚地说:"那都多久前的事情了。"

"我问你,你到底留着没有?"

"你能不能别老是这样?"我彻底失去了耐心,"能不能别这么,别这么咄咄逼人?"

"你说什么?咄咄逼人?"她逼近我,诡异地笑了,"好啊,林宇谦,原来一直以来,你就是这么看我的。"

"随你怎么想,我不会再多说什么了。"我一鼓作气,终于把想说的话吐了出来,"你要是接受不了,咱们就分手吧。"

"行啊。"她脸上那个奇怪的笑容消失了,取而代之的是一种凶狠的表情,"分手可以,但你得给我一个理由。"

"我有点累了。"

"你别想找个借口混过去!林宇谦,咱们两个认识也快六年了,你觉得我是这么容易打发的人吗?"

"那好,既然你想听实话……"我犹豫了一下,把目光从她的身上移开,"是我对不起你,我心里有别人了。"

"你胡说!"孙璐用不容置疑的语气反驳我,"前几天,就在前几天,我还找人查过你的通话记录,里面根本就没有这么个人！"

"你查我的通话记录？你凭什么？"

"就凭我是你的女朋友！"

"你知道吗，我最受不了的就是你这个样子。两个人恋爱应该是合作，应该是相互扶持，而不是看谁胜过谁。"我讥笑一声，"算了，你永远不会明白的。"

"对，你明白。既然你什么都明白，当初跟我在一起干吗？"

"我不想和你吵，孙璐，我不骗你，我真的有别人了。其实我一开始就没想那么多，谈恋爱也完全是一时冲动。错都在我，你想要我怎么补偿你都可以……"

"我用不着你补偿。"她不由分说地打断我，"你告诉我那人是谁，姓什么叫什么，我要见见她。"

"不可能。"我烦躁地说，"到此为止吧，咱们还能好聚好散，没必要节外生枝。"

"好聚好散？你想得容易！"

"我只求你这一件事，我们俩就当从没认识过，不行吗？"

"你想当这一切没发生过？晚了！"她说完这句话，声音忽然哑了下来，"你还记不记得那个晚上，咱们在教学楼顶等流星的那个晚上，我问你许了什么愿，你说流星飞得太快了，自己什么愿望都没想起来。其实我心里清楚，你根本就没许愿，甚至都没有闭眼。知道我为什么这么肯定吗？因为我也没有闭

第八章　埋葬爱情

眼，因为我也在偷看你……你当时的表情我现在还记得清清楚楚，你说，你叫我怎么当作什么都没发生过？"

"别说了，孙璐，别说了，事情走到这一步，没什么好说的了。"我承认自己看着她的时候是真心的，就如同我此时想要分手也是真心的，"对不起，我要走了。"

"你休想！"她激动地指着我，"你不把话说清楚，休想这么一走了之！"

我不理会，转身离开："你保重。"

"林宇谦，你再走一步试试看，信不信我从这里跳下去？"

"随你吧。"我知道她是在吓唬我，我太了解这个女人了。

我推开楼顶的消防门，身后传来孙璐的喊声："林宇谦，你会后悔的！"

消防门被我重重地关上，一下子打破了夜的寂静，沉闷的响声回荡在走廊里，久久不肯散去。其实孙璐叫住我的那一刻，我险些要留下来。但这一丝犹豫转瞬即逝，我不能回头，假霸王遇上了真虞姬，这出戏注定唱不下去——当然，如果我能预见两天后的悲剧，或许会做出不同的选择。可惜，许多事情，没有如果。

31

每年清明的到来，总会伴随着许久不散的阴云，以及若有若无的烟雨。

由于下午要去城郊为我爷爷扫墓,慧姨这一天没有开门营业的计划。于是一大早,我借着去查阅工具书的名义,从她手中取来了书店的钥匙。

我走进空无一人的店铺,从书架上随便拿了本书,等待着那个人的出现。时间尚早,在这个难得的假期里,学校附近的人并不多。橱窗外边,也只剩白姐的店铺还在照常开业。如果要我选的话,相比这个冷清的书店,对面的餐厅才是解决问题的好地方。那里虽然生意不大,但老板娘并不简单——想当初,孙璐和我在开业的礼炮声中光顾的时候,她从我的口中简单了解到一些信息,也知晓了她与白姐其实是师出同门。然而,有一件事情我并没有告诉孙璐,那就是白姐的另一个身份。

秘密要从新千年的前夕讲起。如今看来,那似乎是一个很遥远的年份了,许多我们耳熟能详的新闻都发生在那个多事之秋,比如世界人口正式突破六十亿,比如无数学生因大使馆被炸而冲上街头。当然,还有刚上小学的我,被那句"三十岁之前恐怕有场大劫"吓得胆战心惊。不过我相信对于白姐而言,印象最深刻的,莫过于某个男孩将一支匕首插进了情敌的胸膛——没错,这就是孙璐所说的,那个男人为了女人决斗的故事。而白姐,就是传说当中的女主角。

我仍然记得那一年的迁遥,街头巷尾处处讨论着"高中生

第八章 埋葬爱情

斗殴致死"的话题。尤其在那些莫名其妙的饭局上，大人们总是一边轻轻地摇头，一边用我能听得出惋惜的口气谈起这个——当时的他们又怎么能够想到，十几年后，自己还会带着相同的表情和语气，去讨论一个死于除夕夜的女孩。

不知道这么久的时间过去，还有多少人记得曾经的悲剧。倘若我猜得不错，白姐的男友便是那柄匕首的主人，身陷囹圄不过是他捍卫爱情的代价。说不定此刻，他就在我儿时记忆中的那家大工厂里，想象着自己恢复自由的一天。同样地，我不相信白姐来到此处经营这家店，仅仅是因为一时的心血来潮。我更愿意相信白姐是对那一张脸念念不忘，所以才会守在两人分开的地方，等待着自己的英雄归来。

似乎人在回忆往事的时候，钟表的指针就会转得更快——约定的时间已经过了，整条街却仍旧风平浪静，没有出现什么可疑的身影。硬要说的话，门前倒是有辆车停得久了点，但是显然，这算不得一个合理的怀疑对象。

上午十点半，白姐的电话打了过来。挂断以后，我迅速合上手中的书本，钻入对面的店铺。进门环视一周，室内只有那个靠窗的位置坐了人。故而对方给我的第一印象，仅仅是一个戴着鸭舌帽的背影。

"听老板娘说，你在这儿已经快一小时了，点的菜一口都没吃，却一直盯着窗外看。"我绕到他的对面，不客气地坐下去，

"别等了,不会有人来的。"

"我不明白你在说什么。"那张脸藏在墨镜后面,让我看不清他的表情。

"别装傻了,用孙璐的号码给我发短信的人,就是你吧?"

他将双臂抱在胸前,保持着这个姿势,一言不发。

我知道他已经默认了我的话,便继续说:"看来,我没有猜错。你不仅能查出孙璐的信息记录,还能看到我手机上往来的短信。虽然搞不清楚你是怎么办到的,但我大致明白你是怎么想的。按说那条短信,孙璐生前最后发给我的那条短信,除了你和我以外,不会再有第三个人知晓它的内容。所以突然之间,出现了一个能复述出信息的知情者,你一定会觉得奇怪。今天你提前躲在这儿,无非是想看看约我见面的那个人是谁,想看看到底是什么人在插手这件事情。我说得对吗?"我递过去一根烟,对方当然不会要,于是我自己点燃了它,"可惜接下来要令你失望了,根本就没有什么所谓的知情者。那两条短信是我用买来的匿名卡发给自己的,为了让你露面。我想既然你始终不肯去见我,那我就来找你好了。"

"啊,原来如此。这一招,我确实没有想到。"他不慌不忙地取下墨镜,露出一张似曾相识的脸,"不过我要纠正你一点,那就是我不在乎你知道我是谁。"

"怎么是你?"我惊讶。

第八章　埋葬爱情

"怎么不能是我？"他放下手中的墨镜，神色轻蔑。

"怪不得，怪不得这么长时间，余倩什么都查不到。"我确定自己见过他，只不过上次见面时，他还是余倩的男朋友，"我早该想到的，你和余倩在同一个部门共事，最有可能在这方面做手脚。"

他不屑地看着我，缓缓地说："我本来以为你多少会有所发觉，现在看来是我高估你了。你所了解的东西，只有眼前的那么一点而已。可是我不一样，从你约余倩见面开始，我就知道你在打什么主意了。"

"咱们既然见了面，就没必要再藏着掖着了。"我不想兜圈子，直接问道，"你跟孙璐是什么关系？"

"真让人想不到，你对我居然一点印象也没有。"对方冷笑一声，把帽子也摘下来，"我给你提个醒儿，当初你跑到我们班上跟你爸吵架的时候，他被你惹毛了要动手，还记得是谁上去把他拦住的吗？说起来，你应该感谢我才对。"

"你是孙璐的同学？"我恍然大悟，"我知道了，孙璐当初说的那个为了追她，和她去了同一所大学的同学，就是你，对不对？"

"对，你还有什么要问的？"

"去年冬天，孙璐说她查过我的通话记录，也是你帮她干的，是吗？"

"不错,你这两年来所有的通话记录,每一条我都看过。"他眯起眼,乖张得很,"但孙璐不知道的是,除了你以外,她的通话往来我也一清二楚。不仅如此,我还在私下里查阅过她的短信。所以在某种程度上,我比你更了解孙璐。"

"你真是个变态。"我感叹着,语气讥讽,"既然你什么都看过了,干吗还把这个号码攥在手里?"

"为了找出凶手,害死她的凶手。"他说,"长期以来,孙璐习惯用自己的手机,而非电话卡来储存短信。虽然手机在坠楼时损坏了,可是往来记录却不会消失,还留在我们公司的服务器上。去年冬天,孙璐的父亲曾经来过公司的网点,替那张本该被销号的手机卡办理了冻结。我就借着这个机会,把号码偷偷保存了下来。因为我很清楚,孙璐不是那种会自杀的人。"

"所以你觉得,是我害死了她?"

"别在这儿和我装无辜,她最后一条短信是发给你的,你知道我在说什么。"

"因为她发短信骂了我,我就想她死?"

"你敢说除夕的晚上,你没和她见过面?"

"没有,我没见过她。"我摇头,"我当时在家里,和我妹妹在一起,她可以替我证明。"

"你撒谎!"他厉声说,"我查过你的通话记录,你妹妹七点钟的时候还给你打过电话,当时你根本就没在家。"

第八章　埋葬爱情

"你少跟我胡搅蛮缠了！我要是想解释的话理由多得是，我去散步，去买东西，我出去做什么不行？"我没心思跟他斗嘴，直指对方要害地问，"倒是你这么信誓旦旦的，为什么不直接去找警察，反而跑到医院问东问西，还装神弄鬼地用孙璐的号码给我发短信？"

他脸上的肌肉微微抽动着，说话时牙齿也在咯吱作响："因为我要让你知道这件事情没完，因为我要让你知道还有人盯着你，因为我……"

"因为你没有证据。"我打断他，理直气壮，"你今天说的这些话，都不过是你自己的猜测罢了。你要是有证据早就报警了，大可不必像现在这样和我耗着。一开始我还以为你发送那条短信，是为了让我慌张，为了让我露出所谓的马脚。可是后来我看明白了，你除了骚扰我根本就没什么真正的计划，所以才会搞这种小孩子的把戏。说到底，你就是不甘心，你不甘心自己只是个被孙璐利用的角色，你不甘心她宁愿喜欢我也不喜欢你，是不是？"

对方顿时沉默了，只顾死死地盯着我。顺着他怨恨的目光我才发现，自己手中的香烟已几近燃尽。过了半晌，他才赌气一样地对我说："是又怎么样？"

"我不想怎么样，也没心思跟你纠缠。你咽不下这口气是你的事，我来见你就是想告诉你，别再纠缠我了。关于孙璐的事情，是你想多了。"我熄灭了那根烟，准备结束掉对话，"以后别再给我发短信，也别再打电话了，我不会回复你的。"

"你放心，我迟早会找到证据的。"他瞪着我，恨恨地说。

"好啊，我等着。"我站起来，朝门口走。虽然在气势上压了对方一头，但我也没指望他会就此罢手。这次见面唯一可以确定的事情是，我们谁都没能摆脱孙璐的影子。

"还有一件事情，我想问你。"经过他身旁的时候，他忽然说了一句，"前几天，我听说余老师去世了，余倩还好吗？"

我停下脚步，回敬他道："余倩好不好，跟你有什么关系？"

"你对我的敌意这么重，恰恰说明你心里有鬼。既然心里藏了鬼，就别指望没人知道。"说着，他转过脸，"另外，有一点我要跟你说清楚。我是用孙璐的号码给你发了短信不假，但我从没给你打过电话。"

32

从白姐的店里出来时，天已经放晴了。我要赶去跟家里会合，然后一起到龙背山扫墓。等一切完毕再回到旧城区，估计就是晚上了。由此推算下来，恐怕我还得在家里住上一晚。

电话在我等待公车的间隙响起，我拿起手机，看着屏幕上的陌生的号码，疑惑地按下了接听键。接着，一个女人的声音出现在我耳边："请问你是叶梓尧的哥哥吧？"

第八章　埋葬爱情

"是我,你是哪位?"不知为何,我心中感到一丝不安。

"我是叶子的同学,她在个人档案里留下了你的电话。"她的语速很快,"前几天,学校的复试通知到了,可是我们到处都找不着她,电话也没人接,所以只好联系你了。"

"等等。"我有点糊涂,"你的意思是,叶子的研究生初试过了?"

"是啊,成绩早就出了,你不知道?"对方说,"总之,你一定要想想办法,我们已经快一周没见到她了。"

我定了定神,回复道:"我这就给她打电话。"

我立即挂断来电,拨出了叶子的手机号。一次打不通,就再拨一次。经过不知多少遍的语音提示,听筒里终于有了反应。

电话接通的一刻,我忙向叶子问道:"你在哪儿?"

一段不易察觉的静默过后,对面传来叶子疲惫的嗓音:"我在迁遥。"

"你怎么不去学校?"我听她的状态不对,又追问了一句,"是不是出什么事了?"

过了好一会儿,叶子才开口说:"我有麻烦了。"

第九章　水中月

33

叶子从小有一个习惯，无论闯下什么祸，第一反应都是找个地方躲起来。所以，当我在这间昏暗逼仄的小旅馆里见到她的时候，就隐约有了一种不祥的预感。

"我知道，你会来找我的。"叶子赤脚坐在地板上，一动不动，像是角落里的一幅静物画。她的脸色很憔悴，一看就知道最近没有好好休息。

"为什么不去学校？"我问，"你同学告诉我，自从你上周离开学校就再没回去过。"

"我不能回去。"她用 T 恤罩住膝盖，衣服上的凯蒂猫被拉成了一个怪异的形状，"其实一个多月以前，我就不该离开家。"

"提到这个我还要问你。"我看着她躲闪的眼睛，"沈明昊说那次聚会结束以后，你根本就没去车站。跟我说实话，你

第九章　水中月

当时到底去哪儿了？"

"那天的同学会上，我遇到以前的一个同学。他家是做房地产生意的，在旧城区，就是开发我爸爸住的地方。于是我在私下里求他，想要他跟家里说情，不要为难我爸爸。"她的声音弱下来，眼眶也渐渐红了，"其实高中的时候，他就一直对我……你知道的。他说可以答应我，但是我必须单独请他吃一顿饭。所以那天我就没走，等聚会散场以后，我们又去了另一个地方。在那里他一直要我喝酒，后来，后来我就喝多了……"

"你是说……"

"上个月一直没来，试纸也没测出结果……我不知道该怎么办，只能先从学校回来。"

我的大脑已经完全被愤怒占据了，当叶子打开手机里的合影，并从中指认出那个人的一刻，我甚至能清晰地听见自己牙齿的摩擦声："他叫什么名字？"

"吴俊泽。"叶子低着头，不敢看我。

沉重的呼吸变得灼热起来，填满了我快要炸裂的胸膛。我死死地攥着拳头，竭力集中自己的精神——旧城区改造项目的甲方代表的确是姓吴，那么叶子所说的那一层关系应该没有错。既然如此，我就一定能把那个人找出来。或者，我应该尽快报警立案，免得那个王八蛋有所防备……

叶子手边骤然响起的电话铃声打断了我的思绪，我几乎是

147

神经质地替她按下了免提，紧接着，一个有些熟悉的声音填满了整间屋子："叶梓尧是吧，我们是城北派出所的，现在需要你来一趟。"

34

旧城区的派出所并没有想象中的那样纷杂。两名警察坐在我的对面，其中年纪较轻的一个问："你是谁？叶梓尧不是个女的吗？"

"我是她哥哥。"我解释道。

"叶梓尧怎么没来？"他似乎不满意这个答案，"电话里不是说本人来吗？"

"没办法。"我摇头，"我妹妹在外地，一时回不来。"

"算了，哥哥就哥哥吧，是家属就行。"对方不再坚持，翻出两张单子，"把表填了，联系电话和地址，再签个字，叶伟生就可以走了。"

"好。"伸出手的同时，我犹豫了一下，"我还有一个问题，想要求助你们。"

"你先把字签了，一样一样地来。"他将单子塞过来，"等这件事办完，再说你的问题。"

我按照他的要求，填了表格的信息。对面拿回去也签上名字，并给了我其中的一张作为回执——在这个过程中，另一名警察

第九章　水中月

始终保持着沉默。我觉得此人有点眼熟，却又记不起在哪里见过。没办法，叶子的事情占据了我整个大脑，自从走进派出所的大门，我就在斗争要不要报案。直到年轻人去替叶伟生办理手续，房间里只剩我们两人的时候，那个老民警才终于对我开口："小子，还记得我吗？"

果不其然，电话中的声音就是来自他，但这个距离要比电话里的声音真实许多。正是这种真实感让我一下子想起了七年前——那条昏暗的巷子里，这个声音曾对我说："年纪轻轻学什么不好，学抽烟？"

"难道，"我的声音发颤，几乎无法自制，"难道您是……"

"亏你记得。"他轻蔑地哼了一声。

我真是蠢，差点忘记了孙璐的爸爸就是民警。孙璐出事的那个除夕，第一个接到报案的警察，就是她正在值班的父亲。当我回过神来，才发现自己已经离开了座位，两片嘴唇仿佛没了知觉，一张一合就发出了声音："对不起。"

"我不想听你道歉。"他不为所动，"虽然看在你父母求过我的份儿上，我不打算追究你什么，但这不代表我原谅你了。"

我惊讶，原来慧姨没有骗我。一阵愧疚涌上心头，我由衷地说："请相信我，我也很后悔。"

"后悔有什么用？"他指着头顶的监控器，"告诉你，要不是有这东西在，我恨不得把你的脑袋拧下来。"

"我理解您。"语言似乎变得干涩了,让我的舌头有些麻木,"我理解您的愤怒,也理解您的痛苦。"

"理解?你能理解什么?"他反问,"你有什么资格这样说?你关心过璐璐吗?"

我无法言语。

"你但凡关心过她一点,就该知道出事的前一天,她因为你不肯吃饭,因为你跟我吵架,因为你,她把自己锁在屋子里一整天。我不追究这些,是因为有法律在。可如果不是因为你,她怎么会做出那种傻事?凭什么始乱终弃的那个人是你,从楼顶跳下来的却是我的孩子?"

"我承认,我承认这是我的错。"

"现在说什么都晚了。璐璐当初不听我的话,非要跟你纠缠在一起,甚至为了你,连家都不愿回。就算你承认这些又能怎么样?你带着她厮混的时候,想没想过会有现在的结果?"

"我知道,自己当时不懂事,给您添了很多麻烦。"我稍做停顿,鼓起了勇气,"可是有些事情,并不是您所认为的那样。您有没有想过,为什么每天晚上放学后,孙璐宁愿跟我混在一起,也不愿意回家?"

"小子,"他讥笑,"你在教育我吗?"

"不,我没有不尊重您的意思。我只是想说一些事情,说些您不知道的事情。"从老年公寓的天台下来以后,我以为自

第九章　水中月

己永远不会再提起这个，"上高中那会儿，我和孙璐每晚都会走同一条路。隔三岔五，她还会拉着我去路边的摊位上吃东西。但我很清楚，孙璐并不是真的想吃什么。她在附近停留的原因只有一个，就是您加完班回家的时候，会从那里经过。可能您一直以为孙璐不愿您去接她放学，事实却相反，正因为您平时没有时间陪她，孙璐才会找个理由留在那里，装作碰巧又不情愿地遇到您。唯独这样，她才能在路上跟您多说一会儿话。"

对方僵硬地坐在那里，诧异的表情就此凝固在脸上。也许是听见了同事渐渐靠近的脚步声，半分钟后他终于向我问道："这些，你刚刚讲的这些，是璐璐告诉你的吗？"

"没，孙璐从来没有跟我说起过。那段时间我只是觉得奇怪，奇怪为什么每次我一吃完，她就会叫我先走。直到有一天，我把自己的包忘在了摊位上，所以离开以后又折了回去。当我回去时才发现，孙璐还在那里，还在那里等着。然后我就明白了，她是故意的，一直都是。"我说得诚恳，毫无保留，"我没学过刑侦，更没做过警察。不过我相信，如果您当初能多留意一下的话，一定会更容易发现这件事情。最起码，不会是从我的口中了解这些……"

"够了。"他打断我，"你别再说了。"

"对不起。"我能做的，只有道歉。

"过去的事情，我不想再提。"他闭上眼睛，"今天是清明，一会儿我还要去看望璐璐。你领了人就走吧，我不希望再看见你。"

离开之前，我向他深深地鞠了一躬。我看得出来，他也在后悔。那个除夕，孙璐会回到分手的地方是因为我，而把孙璐推向我的人却是他自己——他心里一定是这么想的。所以，我能够理解他的怨愤，那是来自一个父亲的自责，是永远无法回避的缺憾。

我曾经以为，这个世界上最大的痛苦莫过于遗忘。现在我才明白，原来这个世界上最痛苦的事情，是无法遗忘。

35

派出所的大门外，浓烈的阳光晃得我睁不开眼。

"小子，"叶伟生走出来，一点都不见外，"叶子哪儿去了？"

"她还在学校，暂时回不来。"我摇了摇头，"不，是近几个月都回不来。"

"我看你刚刚在跟那个警察说话。"他紧跟在我的身后，朝着同一个方向走，"你们认识？"

"不关你的事。"我在路边停下脚步，拦下了一辆出租车。

"你不说算了，我也懒得问。不过有句不中听的话，我还是要讲的。"叶伟生说到这儿，微微扬起下巴，"甭指望我会谢你，我可没求着你来。"

第九章　水中月

"知道，我没那么闲。"我拉开车门，示意他进去，"你该走了，咱们不顺路。"

他迈上去一只脚，回过头理直气壮地说："我没带钱，车费你得帮我付了。"

我从钱包抽出一张纸币，交给司机的同时嘱咐道："去哪儿听他的，剩多少钱你自己留着，就是别找给他。"

叶伟生的身影消失以后，我随便找了个方向走着。至于下一步该怎么办，我还需要点时间想想——不知走在这条街道上的其他人，是不是也有什么难题藏在心里。

就这样，我魂不守舍地拿着派出所的回执单，与一个个面无表情的路人擦肩而过。纵然如此，穿过街口的一刹那，我还是注意到了路边的那辆汽车——如果没记错的话，上午我曾在书店的门口见过它。就在我猜测车上的人会是谁时，对方却拐过来挡住了我的去路。随后，驾驶室的车窗被降下一半，里面探出的是吴队长的脸。

"你来晚了。"我看着他缠在头上的纱布，"叶伟生已经走了。"

"我不找他，我是来找你的。"他环顾四周，补充了一句，"有人想见你一面。"

对方的话音刚落，后排便有一个男人推开了车门。他自上而下扫视了我一番，不慌不忙地开口："你就是叶梓尧的哥哥？"

"你是谁？"我问。

"我是吴俊泽的父亲。"他对我做了个手势，"上车吧，我有几句话要和你说。"

我大概猜到他要说什么，于是毫不犹豫地回复道："可我没有话想跟你说。"

"我是希望，咱们可以坐下来好好谈谈。"他仍是一副气定神闲的做派，"不然，我就只能找你妹妹谈了。"

我坐进车里的下一秒，外面的街道开始缓缓移动起来。

"我侄子说你来了派出所，还以为你要报警。"中年人直奔主题，"既然你没这么做，说明别人并不知道这件事，没错吧？"

"这几天，"我瞟了一眼前面的吴队长，"他一直在跟着我？"

"那不重要。"他避而不谈，"我想说的是，关于你妹妹的事情，是我儿子做得不对，我先替他道个歉。不过那女孩的爸爸，我也没有为难他嘛，包括他提出的那些条件，都尽可能地满足了。"

"你的意思是，咱们这样就算扯平了？"我冷笑，"还是你觉得道了歉，这件事就过去了？"

"我是带着诚意来的，不然也没必要亲自见你。"对方说，"小孩子不懂事，别跟他们一般计较。另外，你的公司还在跟

第九章 水中月

我合作，大家都不希望把关系闹僵。所以你根本没必要报警，有问题我们可以私下处理。"

"要是我不呢？"

"我和你交个底吧，就算你报了警，也不会得到想要的结果，只会让事情变得更麻烦。"他的手指轻轻敲打着皮椅，"再说现在都什么年代了，小孩子之间玩玩闹闹很正常。这点小事搞得沸沸扬扬的，对你妹妹有什么好处？"

"小事？"我瞬间爆发了，"你说这是小事？"

"小伙子，先管好你自己吧。"他深深地盯着我，没有一丝的退让，"要我说，死了人才不是小事。"

一时间，我汗毛倒竖："你什么意思？"

"不用问我，你知道是什么意思。一年多以前，旧城区有个女孩跳楼了。现在，有人想把这件事翻出来。要是我没说错的话，你不希望他这么做，对不对？"

"你怎么知道？"我的大脑飞快地运转着，找到了唯一可能的解释，"你们查过我的短信？"

"我说过，我是带着诚意来的，对你总会有那么一点了解。"他压低了声音，"而且我敢肯定，那件事情绝不像我说的这么简单，不然也不会有人三番五次地找你的麻烦。还是说，你希望把那件事情拿到台面上讲讲？"

我咬着牙关，攥紧了拳头："你想威胁我，是吗？"

"什么威胁不威胁的,你们年轻人就是爱把事情往严重了想。这最多算个交易,你只要告诉我那个人是谁,我就可以帮你处理,保证他不会再纠缠你。不过你妹妹的事情,就要到此为止了。"

"你有这么好心帮我?"

"你之前做过什么,我一点兴趣都没有。我要解决的是我儿子的麻烦,至少他现在还不认识你,我也不希望他认识你,明白吗?"

"那你怎么跟我保证,能处理掉我的问题?"

"孩子,这世界上那么多人,不止你一个人有秘密。既然我能找到和你交换的条件,就一定有条件和他交换。还是那句话,我是带着诚意来的,双赢才是最好的结果。"他对着车内的后视镜摆了摆手,示意吴队长停车,"我还有点事情,你可以先考虑一下,最迟明天晚上给我答复。不然过了明晚,你就是想谈,我也不会跟你谈了。"

当车内的对话结束之际,叶子落脚的那间旅馆赫然出现在了窗外。这一刻我才终于明白,自己的想法有多么天真。对方高高在上的态度足以说明一切,他根本就不是来找我谈判的,我的选择在对方眼里并不重要。他早就决定好了事情的走向,这次见面,只是来通知我这个结果罢了。我憎恨这样的高高在上,因为这才是最令人无力的地方——你以为所谓的坏人都是面目

第九章　水中月

狰狞的,结果却发现他们比你更彬彬有礼,或者说,比你更懂得彬彬有礼地逼人就范。于是你恍然大悟,原来这些人也会遵守规则。只不过在遵守规则的同时,他们还在制定规则罢了。也许恶人自有恶报,可惜你未必等得到。

汽车消失在街尾的一瞬间,我松开了一直死死地攥着的拳头。那张团在自己掌心的回执单早已被汗水浸透,上面填写着地址的字迹也因此变得模糊不清。我已经没有其他的选择了,只能回那间破旧的旅馆——生活太艰辛,更残忍的是,它总要你亲口承认这一点。

36

万幸的是,叶子没有怀孕。她在迁遥的那几天,我一直陪在她的身边。叶子再没说起那个晚上的事情,就好像什么都不曾发生过。直至一周以后,她回去学校,参加了复试。

为了避免跟吴俊泽一家产生瓜葛,我申请调离了旧城区的改造项目。因此,我不得不回到家里住上一段时间。这个决定自然得到了慧姨的大力支持,那几天,饭桌上的菜肴也因我的回归而丰盛起来。对于叶子的遭遇,两位家长则全然不知。他们还沉浸在女儿考研成功的喜悦中。慧姨甚至从店里拿回一本旅游图册,兴致勃勃地安排起一家人的旅行计划。每次听到她跟叶子通话,我都会心里一揪。对方的口气越平淡,我听起来就越难受。那些出于善意的关怀在折磨叶子的同时，也在折磨着我。

　　一个月后，慧姨的出行愿望最终还是落空了，因为叶子整个五一假期都没有回家。面对这个结果，慧姨只好象征性地表示遗憾。我劝慰她说这种机会很多，哪怕把计划留到明年都来得及。现在叶子就快要毕业了，有时间能够跟同学好好道别，也是一件好事。

　　叶子接到研究生入学通知的那一天，我向公司提出的申请也得到了批复。单位通知我去另一个现场报到，即日动身——这正是我需要的，我需要一个地方转移自己的注意力，也需要一个地方去忘记一些事情。

　　新项目位于千䍃湖的北边，迁遥刚规划出的一片开发区内。我在工程即将动工时抵达，跟着驻扎了下来。由于地理位置过于偏远，现场周边没有什么人烟，一眼望去，尽是荒草。面对如此恶劣的条件，驻场的同事多有怨言，所以他们绝不会想到，我一下车就爱上了这个地方。因为它的直白，因为它的坦荡，因为它不像迁遥的城区，用一种虚假的繁荣来遮掩自己的贫瘠。它就这样将自己的面目展示给我，同时也大方地承认了自己的荒凉。正是这种荒凉令我备感亲切。没有了逢迎，省去了酬酢，远离了人间烟火的我突然发觉，这里才是真正的世外桃源。

　　在工地漫天的黄沙中，我日复一日地工作着。日子单纯得

第九章　水中月

不像话，每天与我相伴的，是那些无时不在咆哮的机器。当风沙渐渐弱下来时，北方的雨季便来临了。每每下起雨，附近的道路就变得泥泞难行。还好，我很少会离开现场。我就像是一株扎根于此的植物，看着夏天悄悄地来，又悄悄地溜走了。我满怀期待地站在这片土地上，想象着一座座工厂崛地而起——我知道，那不会太久。

慧姨经常打电话过来，每次她问我住得习不习惯时，我都会回答一切还好。我猜，慧姨一定觉得我是为了让她安心才这么说的。但实际上，我是真的习惯。那些钢铁巨兽虽然面目可怖，却要比人安全得多。接着，慧姨会跟我说起家里的近况，比如叶子一直都没有回家，却和沈明昊有了断断续续的联系；比如我爸有了一个晋级职称的机会，每天都要为此备课到深夜。最后，慧姨跟我商量什么时间带着余倩再回家一次，因为她觉得还是应该让我爸也见一见。我拗不过她，只好一次次延后见面的时间，直到把日子定在了国庆假期，对方才不再追问。

除了慧姨的定期来电外，更多的时候，我都是在跟余倩通电话。几个月来，她的状态恢复了不少，偶尔还会到城郊来看我——这件事情说上去容易，操作起来却麻烦得很。我必须要提前确定好时间，然后找到项目负责人请假，再去十公里以外与她会合。于是顺理成章地，千舀湖就成为我们之间的中点。

季节的变换往往令人后知后觉，比如某个清晨不经意间打

159

出的喷嚏——我们总是抱怨夏日的炎热，可当它真正离我们而去的时候，却又会凭空生出一丝不舍。记得我们在湖边见面的日子，城郊的小路上铺满了厚厚的一层黄叶，是那个暧昧的时节中最鲜活的景色。余倩捧着一台崭新的相机，前后左右，饶有兴味地拍个不停。

"咱们这里真怪，好像过了夏天就是冬天了。"她把相机挂在脖子上，轻轻摩挲着自己的手臂，"你说是冬天来得太早了，还是夏天走得太晚了呢？"

"不好说。"我踩在落叶上，脚下传来一阵沙沙的声音，"也许秋天早就来了，只是我们都没有留意而已。"

她点头，笑着说："有可能，不然树叶怎么会落得这么早？"

"马上就是中秋了。等过了中秋，你跟我回家一趟吧，慧姨想你去吃顿饭。"清冽的空气中，我深深地呼吸，"正好赶上国庆假期，我也能去看看你妈妈。"

"行，听你的。"余倩答应得爽快，"自从上次喝了慧姨煲的鱼汤，我做梦都想再尝一次。"

"还有，我随便问一句啊，"我拿捏着自己的措辞，尽量让语气显得自然，"你们公司里，你那个前男友最近在忙什么啊？"

"他辞职了。"

"辞职了？"

第九章　水中月

"嗯,也可能是跳槽了,两个月前的事了……你问他干吗?"余倩反应过来,疑惑地看着我,"你看到他了?"

"没。好奇,就是好奇。"我胡乱编出一个理由,匆匆结束了这个话题。

自打跟吴俊泽的父亲达成了协议,余倩的前男友果真没再找过我。或许,这就意味着事情已经结束了。尽管我不知道这一切的背后到底发生了什么,但是已经足够了,我很满足现在平静的生活,也不指望自己可以彻底地撇清干系。既然谎言无法掩饰谎言,罪恶又怎么能宽恕罪恶呢?

那天,我们沿一地黄澄澄的落叶走了很久。在余倩的镜头中,那条小路仿佛无限延伸了下去。我说起如何建造一座工厂,她教我怎样调校一张照片——平日除去上班工作,余倩把她的注意力都集中在了摄影上。我实在搞不懂,那些所谓的色彩与构图究竟有什么魔力令她如痴如醉。就在上个月,余倩还说自己看中了一个新的镜头。当我瞄见那张五位数的价签时,我真心觉得她疯了。她却不以为然,固执地攒着工资,志在必得。后来我才了解到,对于她所在的"迁遥青年摄影协会"来说,五位数只能勉强算是入门的水准。据余倩说,协会里多是些纨绔子弟,动辄就将整套设备更新换代。想想也是,能轻松玩得起摄影的,不说条件多么优越,至少也要家境殷实。只可惜,有钱不等于有前途。起码余倩为我展示的那些会员作品,看上去真的没有什么特别之处。虽说我眼中的照片只有好不好看的分别，什么意境，什么风格，我一概不懂。不过我怀疑，这些人也没强到哪儿去。我总觉得他们并非如余倩那般热爱摄影，仅仅是想借此来彰显自己的志趣高雅而已。但不管怎么说，比起那些在年轻人中流行的嗜好，摄影算是安分的了。毕竟这尘世间的诸多诱惑，向来没有几人能逃得脱。人生在世，生旦净末丑，终归要选一样的。

37

月亮越来越圆了，色泽也越发通透。往往只有这个时候，人们才会想起它实际上是一颗星球。最近几天，这个日渐丰满的天体让余倩忙碌起来，因为她的协会正在筹备一场摄影比赛。一票自诩行家的年轻人聚在一起，计划趁着满月去千窨湖边进行延时摄影。尽管整个中秋假期的天空都阴晴不定，但满怀期待的余倩还是毅然决定参加。作为场外应援的我也难逃一劫，不幸被余倩拉去做了司机。

迁遥城郊的环湖公路上，来往的车辆堵成了几排。我们不得不耐着性子坐在车里，眼看着外面的天色由浅及深，最后彻底地暗下来。百无聊赖间，余倩忽然摇下了车窗，指着不远处的湖水问我："你看着湖面的时候，有没有发觉水里有东西在动？"

第九章　水中月

我按她说的试了试,然后如实回答:"没有,这个距离什么也看不到。"

"好吧。"她意兴阑珊地说,"小时候,就是我在这附近住的时候,经常听人说,千舀湖里面有一条龙。所以我每次盯着湖水看,总觉得里面真的有东西。"

"真巧,以前我爷爷也这么说过。"我来了兴趣,"不过,我一直以为都是他编出来吓唬我的。"

"不会的,这个说法已经流传很久了。"余倩认真地摇头,"哪怕到了现在,迁遥都还有不少的老人相信。"

跟所有的民间故事一样,千舀湖的来历颇有些诡奇的意味——相传很久以前,这里本是一片荒土。直到某天,天神不慎将琼浆美酒洒落此处,方才聚水成湖。很快,两条巨龙被酒香吸引而来。为独占这千舀琼浆,双方争斗了三天三夜。输的那条被拦腰截断,尸骨便化作了湖边的龙背山,而赢的那条,至今还在湖里面卧着。

在决斗结束的千百年后,余倩将这个古老的传说讲给了我听。

我看着这片波澜不惊的湖面,想起了爷爷口中的那辆马车。或许这世间的因果,冥冥之中早有注定——当初若不是爷爷偶然路过,恐怕余老师早已成了传说中的殉葬者,余倩也就没机会讲出这个故事了。可是话说回来,如果那条龙真的存在,那么它一定很寂寞吧,沉睡千年是它独占这片湖水的代价。没有了对手，除了沉睡又能做什么呢？

晚上八点半，我和余倩终于到达了约定地点。作为今晚的主角，那轮满月却迟迟不肯从云中现身。等待阴云散去的过程中，协会成员陆续加入，湖边一时变得喧闹起来。诸多陌生的面孔里，一个年纪与我相仿的男人尤其令人侧目，他挎着一台老式的银色相机，举止张扬，以跟异性开些不堪入耳的玩笑为乐。那些被骚扰的女生也只能装傻，努力维持着表面的一团和气。虽然此人同余倩交谈还算规矩，但我猜若不是有我这个男朋友在，也少不了要让对方占些便宜。

"那个银色的相机，"我私下对余倩说，"那个拿着银色相机的小子，他叫什么名字？"

"哎，你眼光可以啊。"余倩有些意外，"他手上那台机器是徕卡的限量版，是整个协会最好的一台进口相机，所以我们叫他的外号就是'徕卡'。"说罢，她还问了我一句，"你什么时候对相机也有研究了？"

"我不认得什么相机。"

"那你问他做什么？"

"因为我看他不顺眼。"

不知不觉间，头顶的夜空有了变化。原本死气沉沉的阴云裂开了一道缝隙，月光从里面渗出来，融化着缺口的边缘。半小时过去，月亮终于露出了它的全貌。洁白的光晕洒向大地，

第九章　水中月

流进湖水，让湖面也跟着亮了起来。接着，包括余倩在内，众人纷纷在岸边架起了"长枪短炮"——我不明白他们所谓的延时摄影到底是怎么一回事，我只知道我们将用一夜的等待换来几分钟的影像，再用这几分钟的影像换来余倩刹那的欣喜。

我记得孙璐曾对我说过，越容易消逝的，往往就越珍贵。不可否认，这句话有一定的道理。因为短暂所以绚烂，美好的东西一旦永恒，便少了那份味道。所以，孙璐不喜欢那些沉静的事物，她喜欢的是刺激，是新奇，是教学楼顶转瞬即逝的流星。

面对这片闪闪发亮的湖水，我又一次不由自主地想起了孙璐。按理说，此时此地，我的潜意识应该会努力回避她的脸。倒不是说有如何难以启齿的秘密，而是因为我上一次见到这么漂亮的千舀湖，恰恰是在孙璐去世的那一天。

又要说起两年前的除夕了。对我而言，那个冬天实在没什么快乐的事情值得回忆。无论是爷爷的去世，还是跟孙璐分手，那段日子里发生的每件事情都在压迫着我的神经。我终日头脑昏沉，心神恍惚，亟须一个释放压力的机会。

因为爷爷是在小年去世的，头七自然是大年三十。按照迁遥的习俗，除夕的下午，我还要和我爸去龙背山祭奠。因为睡得轻浅，那天我很早就被鞭炮声惊醒了。拉开窗帘，外面的天空呈现出一种粗糙的灰色，既不属于白天也不属于黑夜。这一刻，我忽然觉得自己释压的机会出现了。在某种不可言说的冲动之下，我偷偷拿走了车钥匙，从家里跑出来。

空无一人的迁遥城区里，街道两旁的店铺齐刷刷地关门了。我摇下了车窗玻璃，悠长的道路在风雪中飞快地倒退着。对了，被我叫到外面一起的还有班花。我们两个人平时在异地上学，见面的机会不多。如今有她陪在身边，我可以暂时忘却一些烦心事——三十多小时以前，我在医院对面的天台上与孙璐分手。紧接着，我删除了对方的微信，并对她无数的来电视而不见。我之所以如此决绝，是因为我知道这件事情不会再有挽回的余地了。不过我完全没有料到，孙璐会在一大早来找我，更想不到，她竟然悄悄跟在了我的后面。

赶在日出之前，我和班花驱车抵达了千舀湖边。放眼望去，湖水已经凝结成了一片冰原。冰层之上，仍是混沌的浅灰色的天空；冰层之下，则孕育着即将出生的太阳。我俩并肩坐在长长的石凳上，等待着世界被点亮的那个瞬间。

幸运的是，年底最后一个黎明没有让我们失望。第一缕光的出现分割了天地，如同婴儿的第一声啼哭那般激动人心。在初晖的映射下，漫天细小的雪花变得晶莹剔透，像是神迹，像是梦境。

我牵着班花的手，十指紧扣。也许是怕辜负了景色，也许是怕错过了时机，就在这美得令人心醉的湖边，就在太阳从冰面诞生的一刻，我们接吻了。

第十章　逃亡马车

38

余倩终究没能喝到慧姨煲的汤，因为国庆假期的前一天，慧姨毫无征兆地在书店晕倒了——最先发现这件事情的人是白姐，那天她从对面过来还书，却意外地看到慧姨倒在两排书架之间——事后据沈大夫说，若是再晚一步送医，后果就不堪设想了。

我爸没顾得上请假，先我一步到了医院。当我从城郊赶来的时候，他正局促不安地坐在诊室里，像个学生一样听沈大夫分析病情。

"我们已经给她做了神经阻滞，所以暂时应该不会有危险了。"沈大夫眉头紧锁，仔细翻看着病历，"但是考虑到去年有住院观察的情况，接下来的这段时间，病情恶化的可能性很大。"

"那该怎么办?"我爸现在的话很少,多数时间都是沉默的。

"最好的办法就是尽早手术。"沈大夫说得真切,"只是,这么做存在一定风险。"

"风险,风险有多大?"我爸的声音忽然哑下来,像是被这句话烫了一下。

"像这个手术的话,百分之七十以上的成功概率还是有的。"

"百分之七十。"我忍不住在一旁插嘴,"也就是说,还是有三成的可能……"

"没错。"沈大夫点点头,"所以要不要进行手术,得由你们决定。"

面对这个突如其来的抉择,我和我爸同时陷入了沉默。虽然我们俩平日也没什么交流,不过现在和之前显然不是一回事。以他执教数学二十多年的经验来看,这只是个再简单不过的概率问题,简单到让所有逻辑缜密的公式和定理,在"生"与"死"这两个选项间统统失去了效力——概率这种东西作为理性的产物,却往往用于很难保持理性的场合,比如赌博,比如手术。

"那我就替她做主了。"在一屋子的寂静之中,我爸似乎下定了决心,"与其这么担惊受怕地活着,还不如到手术台上试一试。"从我的角度看去,他不是对着沈大夫说出这番话的,而是对着窗外,对着那片阴云密布的天空。

弥漫着消毒水味道的病房里,慧姨在病床上依旧有说有笑

第十章　逃亡马车

相形之下,我爸的声音反倒显得有气无力,就好像得了重病的人是他。至于我,我也不知道自己此刻是什么样的表情,但应该比我爸的愁容满面好不到哪儿去。其实我心里清楚,慧姨是为了不让我们担心,才努力维持着自己最后一丝精神。她越是装作不在意,越说明她知道事情的严重性。果不其然,趁着我爸去办理住院手续的间隙,慧姨冷不丁地问了我一句:"我的情况,不乐观吧?"

"没有的事,慧姨。"我摇了摇头,"你看,你又自己吓自己。"

"宇谦,你不用瞒着我。你告诉我实话,也省得我乱想。"她把目光从我身上移开,没有表情地注视着窗外,"再说了,我自己的身体状况,我还不了解吗?"

我叹息一声,如实回答道:"现在还不好说,不过接下来的手术,会有一定的风险。"

"没关系,我知道这个就够了,剩下的就听天由命吧。"她转过头,脸色疲惫,"还好这个十一假期叶子没打算回来,不然家里可没有人给她做饭了。"

"慧姨,都什么时候了,你还想着这些鸡毛蒜皮的事情。你好好养病,别操心我们了。"

"这话说的,"她笑着动动胳膊,在我的帮助下坐起来,"我的孩子,我不操心,谁操心啊?"

"我不是这个意思。"我替她倒了杯水,语气无奈,"我是说,你总是在为我们操心，就不能为你自己想想吗？你也有你的喜好，也有你的生活啊。"

"这是哪里的话，你和叶子不就是我的生活吗？"

"不该是这样的，慧姨，你不该这么想。"我紧紧攥着那只玻璃杯，说不清怎么激动了起来，"你不能只为了我们活着，你得为你自己做点什么。不单单是我，叶子肯定也不希望你一直这么委屈着自己。"

慧姨一下子怔住了，好一会儿才对我说："你知道吗？你刚刚的语气，你刚刚的样子，实在是太像你爸了。"她用一只手接过水杯，另一只手抹去了从眼角渗出的泪水，"好，我会按你说的去试试，要是我还有机会，要是我的身体还允许的话。"

"当然有机会，你吃的苦够多了，老天不会这么不开眼的。"我发现慧姨的手似乎不再那么中用，已经拿不稳那只小小的杯子了。

"说不定，老天记得我做过的错事，也说不定，这个病就是给我的报应……"慧姨说到一半却突然住了口，仿佛发觉自己说了不该说的话。

对方的感慨我装作没听见，因为我知道她指的是什么。

"慧姨，你也别想得太多了。"我顾左右而言他，"只要你别瞎想，肯定能痊愈的。"

"但愿如此。"她见我没有多问，像是松了一口气，"这

第十章 逃亡马车

个病要是能治好的话,那我真得去道观里拜一拜了。"

"慧姨,你还不知道吧?那个道观已经拆了好些年了。现在那里是工业开发区,我跟的工程就在那个地方。"说到这儿,我笑了,"其实根本就没有什么道长,都是你编出来骗叶子的,对不对?"

"唉,真是,真是什么都瞒不过你。"慧姨呷了一口水,动作缓慢,"叶子那个傻丫头也是,我说什么都信,不知道她什么时候能多点心眼。对了,我住院的事情,你不要和她说啊。"

"知道,我没打算告诉叶子。"我借着扶她躺下的机会,不动声色地放下了水杯。

"那就好,否则叶子听了又要怕了……"慧姨这么自顾自地念叨了一会儿,然后就睡着了——她现在特别容易困,沈大夫说这是症状之一。也好,至少慧姨入梦之后,就不会觉得头疼了。

我蹑手蹑脚地站起来,准备帮她拉上遮光帘。看着窗外久久不散的阴云,我不禁疑惑,人望向天空的时候,都在想些什么呢?

39

慧姨住院以后,书店被她暂时交给白姐打理了。国庆当天下午,我和白姐一起整理了店铺。提及慧姨病发时的情形,她仍旧心有余悸："当时真是把我吓坏了，手抖得几乎都拨不出电话。"

我翻出了歇业的牌子，对她说："多亏你发现得及时，不然还不知怎么办才好。"

"哪里，当时的状况太突然了，我根本没帮上什么忙。唉，要不是店里离不开人，昨天我也该留在医院的。"她穿上了外套，准备回对面去，"对了，你不急着走的话，一起去我那儿吃晚饭吧。"

"今天就算了，高三的学生还在补课，一会儿我爸回学校，我得去医院替他。再过一会儿，约的出租车就该到了。"

"那好吧，正事儿要紧。"

"往后几天，书店这边万一有什么情况，还得麻烦你帮忙照应一下。"我将钥匙交给白姐，"真不好意思，耽误你店里的生意了。"

"没那么夸张，我店里也就那样，都是白忙活。要说赶上人多也就算了，平时没人还得戳那儿盯着，哪有守着书店这么自在？"

"可是你开那家店，也不仅仅是为了赚钱吧？"

"不是为了赚钱，我还能为了什么呢？"

"为了等你的男朋友，对不对？"我站在橱窗前，看着路边的霓虹蔓延开来，与黄昏搅拌在了一起，"如果我没猜错的话，

第十章 逃亡马车

他应该还在服刑吧?"

"你从哪里听来的?"她忽然笑了。

"很早以前,我听我爸说起过。他说曾经有两个男生因为你打架,还出了人命。"

"没错,是有这回事。不过,你只说对了一半。"白姐把钥匙装进包里,"看来林老师没告诉你细节,不然你也不会把事情弄反了。"

"弄反了?"我困惑地嘀咕,旋即领悟过来,"难道说,另一个是……"

"对,"她轻声说,"就是你想的那样。"

"既然如此,"我糊涂了,"那你干吗还要回到这里来?"

"没什么特别的原因,就是想验证早年的一个想法。当初我们在一起的时候,他总是跟我抱怨迁遥二中的食堂难吃。我们说等毕业以后要回来开间餐厅,救救那些吃食堂的学弟学妹。"她自嘲地笑了笑,"不过现在看来,我好像不是这块料。"

"那有什么意义?"我叹了一口气,借此表示惋惜,"可能我这么说不太合适,但是已经过去这么多年了,你把当初的一句玩笑当真,有什么意义呢?"

"我没想要什么意义,我只是想让自己心安。"白姐望着街道对面,望着她自己的店铺,"我从来没有对别人说起过,其实他去打架是被我怂恿的。我当时的想法也是蠢得很,就是想要他去为我做一件'大事'，以此证明我对他来说很重要。"

我终于明白了，她不是在等待，也不是在怀念，而是在赎罪。

"十七年了，我都不知道自己为什么会记得这么清楚。"在她的声音里，世界仿佛安静了下来，"那天雪下得特别大，大到让我以为，自己这辈子都不会再见到这样的一场雪了。最后一节课他一直没有回教室，我就隐约觉得有什么事情发生了。可是我无论如何也没想到，居然会闹到不可收拾的地步。跟着林老师把他送到医院的时候，我整个人都是傻的。"

在她平静的描述中，我仿佛看到了那场大雪，还有大雪中聚集着的人群——直到十七年后我才惊觉，原来自己在毫不知情的情况下，以另一种方式目睹了那个悲剧——记忆就这么连贯了起来，被大雪包围的老旧教室、教室里斑驳的油漆墙壁、墙壁上坏掉的电灯开关，以及面对开关手足无措的我。窗外昏黄的路灯点燃了雪花，可我仍然看不清楚那个漆黑的房间，看不清楚房间中的那个七岁的自己。我在黑暗中做了什么？又是什么时候离开的？

我看着白姐，规劝她道："那你有没有想过，如果对方看得到，一定不希望你选择这样的生活。"

"说实话，这几年，你姨不是没给我介绍过。但我总觉得自己比以前少了点什么，就好像有些东西被他一起带走了。"她不知不觉中闭上了眼，似乎是在回忆往昔，"我们那个时候

第十章　逃亡马车

和现在不一样，没有那么多的学生谈恋爱，也没有什么场所让两个人独处。他常常领着我来这个书店看书，还要你姨帮着我们跟林老师保密。只不过我觉得不够，觉得他应该做到更多……如果不是因为我的话，他会有比我更好的前途。你说，我凭什么去过比他更好的生活？"

"可是过去的已经过去了，就算你这样对自己，又能改变得了什么呢？"

"你信不信，人只有在劝别人的时候，才讲得出这些道理。"她侧过脖颈，视线转移到了我的脸上，"你姨说自从孙璐出事之后，你整整一年都没有回家。你要真能像自己说的那样，让过去的都过去，又为什么不肯回到迁遥呢？"

"也不能一概而论。"我苦笑，"我的情况，跟你不太一样。"

"但是我看得出，你一样觉得愧疚。"白姐直言不讳，"我想，你姨那么着急你的个人问题，就是担心你会受到那件事的影响，或者说，担心你将来会变成我这个样子。"

"我明白。只怪我们当初看不到这么远。要是可以拿着结果去做选择，谁又会故意把事情搞砸呢？"我平息了心中的波澜，仍不由得想起那张脸，"孙璐从没意识到我们之间存在的问题，而我发现了这一点，却始终没有向她坦白。我不知道该怎么形容这个，总之，我们两个走到一起，从一开始就是个错误。"

"不见得。我觉得两人无论走到什么地步，都不是用一个'错误'就能解释的。更何况你怎么敢肯定,对方就真的什么都没注意到?"

"不会错的。"我毋庸置疑地说,"我跟孙璐相处那么久,太了解她了。"

"还记得我的店铺刚开业时,你带着孙璐来我这里捧场吗?"她没有直接反驳我,而是提到了多年前,"实际上你回学校以后,她还留下来跟我聊了会儿,大概是说她不喜欢自己上学的城市,一个人在外地挺孤单之类的,还说希望你也报考那边的大学,这样毕业以后就可以陪着她……时间过得太久了,我记得也不是很清楚。不过,孙璐后面的话让我印象很深,她说自己料想得到,你根本不会去找她。"

"原来,"我诧异,"她知道。"

"孙璐说这个的时候,一点也不像开玩笑。所以我才有这种感觉,她并不是你说的那样,什么都不放在心上。"白姐一顿,又继续道,"接着我问她,既然如此,有什么别的打算没有?"

"她怎么说?"我追问。

"她说,没关系。"白姐复述着,"她会回来找你的。"

40

我在医院门口迈下出租车,偶然发现了沈明昊的背影。

"你在这儿干吗?"我走到他身后,拍了拍他的肩膀,"来

第十章　逃亡马车

找沈大夫？"

沈明昊转过身，脸上浮现的表情竟然是错愕的。

"怎么了？"我觉得有些不对劲，"出什么事儿了吗？"

"没，"他欲言又止，"没有……"

"你说实话，是不是慧姨有状况了？"

他犹豫了一下，索性直接说了："不是慧姨，是叶子。那个，叶子回来了。"

"什么时候的事？"我忙问。

"就在今天下午，我去车站接的她。"沈明昊回忆着，"她说这次回来要办个什么材料，是导师临时通知她的……"

"别说这些没用的。"我打断他，"说重点！"

"我，我以为她知道慧姨住院的事情，无意之中就提了一句，问她要不要先去看看她妈妈，然后她就问我她妈妈怎么了，我实在是瞒不住就……"

我看着住院部的大楼，难以置信地问："你是说，叶子上去了？"

"嗯。"他可怜兮兮地看着我，"有一会儿了。"

"你嘴怎么那么欠啊？"

"我也没想到，你们没告诉她呀。"他底气不足地辩解，"叶子让我在这里等着，可是她一直没下来，电话也不接……"

我顾不上和他多说，迅速跑上了楼。

推开房门，里面只有慧姨依旧在沉睡着。紧随而来的沈明昊见状，诧异地自言自语："怪了，怎么不在？"

我退出来，对他说："分头找。"

接下来的半小时，我们找遍了迁遥人民医院的每一层楼，找遍了每一间诊室和病房，却仍未见到叶子的半点踪影。当我再次来到慧姨的病房门前，一个值班护士面色不悦地冲我嚷："这儿是医院，别在走廊里跑！"

"不好意思，"我扶着墙壁，上气不接下气，"我急着找人。"

"你这人真有意思，跑到医院找什么人？"她仔细打量着我，"哎，怎么看你这么眼熟啊？"

"一小时前，"我的心脏还在剧烈跳动，"这个病房，有没有一个女孩来过？"

"你这么一说还真有，那会儿确实来了个小姑娘。"护士说，"不过当时患者没醒，那女孩在里面站了一阵子，然后就走楼梯下去了。"

"楼梯？"短暂的疑惑过后，我如梦初醒，"医院后门。"

我飞奔至楼梯间的同时，身后传来对方的声音："我不是跟你说了吗，走廊里不能跑！"

41

这个我曾经很熟悉的楼顶，重新粉刷以后变得陌生了许多。

第十章　逃亡马车

寒冷的夜风中，叶子扎起了头发，坐在天台的边缘。粉红色的外衣微微飘动，让她看上去像是一簇摇摇欲坠的火苗。衣服上的"凯蒂猫"一副魂不守舍的样子，仿佛时刻准备着逃离这里。

"我知道，你会来找我的。"她抱紧了膝盖，脸上泪痕犹存，"我本来没打算回家，今天只是碰巧。"

"叶子，"我挪动脚步，慢慢靠近她，"过来，那里危险。"

"可如果我没回来的话，就不会知道这件事了。"她看着我，无动于衷，"你为什么不告诉我啊？"

"我怕你担心，想等手术之后再告诉你。"

"我妈妈病了，我不应该担心吗？"

"你担心的事情已经够多了。"

"那又能怎么样呢？"叶子反问，"你终归要告诉我的，不是吗？"

"对。"我来到她的身边，"但至少在手术之前，你可以轻松一点。"

"可是将来呢？"她停顿了一秒钟，"万一，万一手术失败了，我要怎么原谅自己的轻松？"

"你别瞎想。"我摇头，"慧姨的病没有那么严重。"

"你知道吗，"她凝视着我，"从小到大，你每次说假话的时候，都会不自觉地摇头。"

"好吧，我承认，我承认目前是有点棘手。不过问题总会有解决的办法,沈大夫也说过,手术成功的概率不低。"我安慰她,"慧姨今年逢凶化吉,这是道长给她算过的,你忘了?"

"哪里有什么道长,你真以为我会信?"叶子拆穿我,她淡淡地说,"我是为了让妈妈放心,才故意配合她的。"

"别怪她,慧姨也是为了你好。"从前的我无论如何都想不到,自己也有说出这句话的一天,"你知道她有多关心你。"

"我明白。或许最开始的时候,妈妈只是想找个借口让我和沈明昊相处试试,结果说得多了,她自己却当真了。"

"慧姨的确有点心急,但这也没什么坏处。"

"那就是说,你也觉得我和沈明昊,是合适的?"

"无论合不合适,总得有个开始。"

"当初你认识孙璐的时候,也是这么想的吗?"

"可能吧,至少孙璐是这么想的。"

"所以她才不愿意结束。"叶子侧过头,盯着下面的街道,"孙璐真可怜,从这里摔下去,一定很疼吧?"

"也许,我不知道。"我实话实说。

"你会梦见她吗?"

"偶尔会。"

"我就不会,因为我不睡觉。"她慢慢站起身,"小时候我不明白,人为什么一定要睡觉呢。后来知道了,如果不睡觉的话,一天的时间太难熬了,人也会慢慢变老,变丑。"

第十章　逃亡马车

"不，你漂亮得很。"我伸出了手指，掠过她的马尾，"在我眼里，你永远是重点班的班花。"

"哈哈，你还记得。"叶子冲着我笑了，像是中了大奖。若有似无的笑声中，她的眼泪终于汹涌而出，"每天，我每天晚上都不敢睡觉，一闭上眼睛就会看见她，看见她站在我面前，不说话，一动不动地盯着我。"

"没事，没事了。"我抱住她，"都过去了。"

"哥，我害怕。"叶子的手指扣得死死的，好似嵌进了我的脊背，"我该怎么办啊？"

一年前的除夕夜，我刚从龙背山的墓地回到家中时，她在打来的电话里也不断重复着这句话。那天，风大得几乎掩过了城里的鞭炮声。我匆忙赶到这个地方，看见叶子蜷缩在天台的一角，身体不停地颤抖着。当我沿着她手指的方向，从楼顶望向下面的街道时，我就知道，事情已经无可挽回了。

"怎么会？"我的大脑一片空白，耳边只剩阵阵嗡鸣，"这是怎么回事？"

"她，她把我叫到这里，打我耳光，骂我恶心，扯我的头发……"叶子哭着说，"我没想……我害怕。"

"别怕。"我强迫自己冷静，努力维持着镇定，"有我在，别怕。"

"该怎么办？我该怎么办啊？"她牙齿打战，不住地问我。

"不怪你，你不是有意的。"我在对方面前蹲下来，用力地捏着她的肩膀，"这不是你的错，知道吗？"

看着眼前六神无主的叶子，我知道自己必须要找到解决问题的办法，或者说，自己必须要替她做出一个选择了。我咬咬牙，清空了叶子手机上的微信记录，然后对她说："记住，这件事不要和别人讲。任何人都不行，听见了吗？"

就是那一刻，我意识到我们铸下大错；就是那一刻，我在心中暗暗决定，我将用余生守在这里，守着这个秘密。它如同一只被我锁进心里的野兽，彻夜在我的耳畔低吼。那凄厉的吼声提醒着我，有些事情是不能错的，你要是错了，就会一直错下去。所以，我别无选择，我只能像白瑞德那样，替她准备逃亡的马车。似乎只要她逃得足够远，远到足够斩断我们的联系，远到她的身边不再有人提及此事，这一切就从来没有发生过。

如今，一年多的时间过去了，那晚的风声仍未停歇。在这个相似的夜里，叶子说着和当时一模一样的话，脸上是和当时一模一样的惶恐。于是我明白了，原来她和我一样，和我一样被困在了这个天台上，从来没有离开过。

我将一个小药瓶塞进叶子手中，里面是沈明昊弄来的十片安眠药，它们至少可以帮助叶子暂时逃离这里。叶子看着我，泪眼婆娑。映在她的泪水里，我身后那块老年公寓的牌子亮了起来。霓虹灯氤氲的蓝光在不知不觉间笼罩了天台，把她身上

第十章　逃亡马车

粉色的衣服映衬成了淡紫色——在过去的每一个梦里，这个颜色折磨着我；在过去的每一个梦里，我无法阻止悲剧的发生。那片淡紫色的夜空下，我无数次地尝试靠近孙璐，无数次地想要抓住她的手。可惜每一次，我都只差一步；每一次，我都只能眼睁睁地看着她坠落。

我没能拯救孙璐，没能拯救任何人。

"你知道吗？"叶子的声音是这般真切，"那天在车站接你的时候，我紧张死了。"

我抹去她脸上的泪水，对她说："我也一样。"

"你怎么忍心一年都不和我联系？"月光洒进她的眸子，分外动人，"这一年来，我每天都在回想那个晚上。我每天都在想，如果当时掉下去的人是自己，该多好。"

"我不允许你有这个念头。"我像一年前那样捏着叶子的肩膀，"会好的，一切都会好的。"

"那你知不知道，当初你和孙璐一起逃课的事，是我告诉你爸的。"她落寞地笑了笑，"那个时候，我觉得孙璐才是真正的闯入者。如今想想真是荒谬，我到底在嫉妒她什么呢？"

我知道，我早就知道。无论是羞于启齿的隐瞒，还是欲拒还迎的欺骗，我全都知道。从她一次次跑到那间空教室开始，从她向我透露孙璐要她盯着我开始，甚至从她装作无意将与别人聊天的短信发给我开始，我就知道了。只是当初的我还不明白，有些心思是不该被看透的。那条短信如同一条引诱我的毒蛇，让我在每个寂寞的深夜辗转反侧。欲望的种子就此生根发芽，我的伪装骗过了所有人，却终究没能骗过自己——人这种动物就是这么奇怪，总是忍不住摘下树上的果实，却又一次次将其命名为"禁忌"。

所以，我们才被逐出了伊甸园。

"是时候了。"她望着我的眼睛，柔情似水，"现在，沈明昊就在楼下等着，你希望我下去吗？"

"你应该去。"我轻抚她的发丝，解开了马尾的束带，"这里不值得你留下。"

"为什么？"叶子的长发散开，如瀑布般倾泻下来，"当初在湖边的时候，你不是这么说的。"

"我有我的苦衷。"

"是因为余倩吗？"

"对。"我摇头，"已经来不及了。"

叶子咬着嘴唇，狠狠撞进我怀里，一声沉闷的响。我抱紧她，肋下灼烧一样的痛。我想，那里就是她为我留下的缺口。同一时刻，国庆的礼花点亮了夜空。这突如其来的光亮让周遭的一切都变得清晰可见，让我们避无可避。我们两个只能紧紧相拥在一起，仿佛除了彼此，我们一无所有。她温暖的呼吸融化在我的胸膛，像是倾诉，像是诀别。

第十章　逃亡马车

　　被时间隐去的秘密，就应当留在时间里。有些真相，叶子永远不该知晓。她的娇憨天真注定了她无法同我一样，可以直面这么多龌龊与罪恶。但是正因为如此，她才拥有我没有的温度；正因为如此，我才甘愿为她冲锋陷阵。

　　五颜六色的焰火褪去，漆黑的夜空回归了沉寂。一片静谧中，我终于记起了那间教室里发生的一切，原来，所有的故事都是从那个晚上开始的——那个晚上，我独自坐在教室窗前，看着风中的雪花不知疲倦地冲向天空。我爸说好下了班就会接我回家，可是我以为他忘记了，又或者，他根本就是骗我的。随着黑夜彻底来临，这间空荡的屋子让我开始害怕。我钻到课桌底下，被那些怪异的响动吓得不敢露头。不知过了多久，我感到自己的腿边一阵温热，接着，走廊里传来了慧姨和叶子的呼喊声。我就在这时大哭起来，一半因为恐惧，一半因为羞耻。我怕她们靠近，怕她们发现我此刻的窘迫，更怕她们离开，怕她们把我一个人丢在这儿。

　　一片黑暗之中，叶子找到了我。她当时只有五岁，整个人小小的。面对早已泣不成声的我，叶子顺着课桌的空隙爬了过来，然后，向我伸出了她稚嫩的小手——十七年后的今天，我依然记得她找到我时的欣喜，十七年后的今天，终于换我带她逃离这一片黑暗，十七年后的今天，我像她牵着我那样牵起她的手，像她对我说的那样对她说："走吧，咱们回家。"

第十一章　北方

42

手术的日期定在了一个月以后。

我只知道那个时候，迁遥已经入了冬，草木凋零，万物蛰伏——我总是想不通，为什么夏天还没走远，迁遥就仿佛换了一个人间。就像我想不通，慧姨平日只是头痛而已，为什么现在却连杯子都拿不稳了。

不过，提前入冬也不是全无好处，比如北方的工程往往一到冬天就会停工。这段时间，项目上的各个施工班组也在陆续准备撤场。借着现场管理松动的机会，我每天往返于医院与工地之间。所以多数情况下，白天都是我在医院陪护，偶尔时间上有冲突，余倩也会来帮忙。我爸则放弃了自己职称晋级的名额，会在每个傍晚请假过来替我。然后第二天早上，再由我来换他回学校上课。这样的安排很好，起码降低了我们同处一室的概率，

第十一章　北方

省得慧姨看了焦心。

隔壁病房的患者是个还在上小学的男孩，我常常在打水时遇到孩子的父亲。那个皮肤黝黑的中年人总是带着憨厚的笑，小心地将那些没关严的水龙头拧紧。一周后，我在对方办理转院手续时最后一次看见他，也是他唯一没有笑的一次。我什么都没问，因为我不想知道发生在他孩子身上的事情——这栋楼里有生，也有死，有生不如死，也有向死而生，有搭着毛巾的脸盆，也有遮蔽遗体的布单……似乎发生在这里的任何事，都拥有一种特殊的豁免权。只不过从那以后，我每次离开水房，都会记得把水龙头拧紧。

随着手术的一天天临近，家里的气氛也越发凝重。为了顾全大局，我坚持要叶子先回学校去。同时我向对方保证，无论慧姨这里发生什么状况，我都会第一时间打电话告知她。哪知叶子离开不久，慧姨就昏迷了一整天。为此，院方还紧急组织了一次专家会诊。意料之中的，我爸没有向慧姨交代实情，更没给对方选择的机会。他告诉慧姨接下来会有一个简单的小手术，却不知道后者早已从我的口中问出了真相。至于慧姨为什么没有拆穿这个谎言，我猜她是想为彼此留点余地。毕竟两个人同舟共济二十年，有这样的默契也在情理之中。让他们并肩走到今天的，绝不仅仅是信任和关怀，还有妥协与退让。

只不过，这并非事实的全部。

慧姨没想到的是,我对她也说了谎。我刻意隐瞒了一些信息,比如她的情况不符合保险公司苛刻的理赔条件,导致手术费成为横在我们面前的一道难题。尽管我不清楚具体的数额是多少,但从我爸开始着手咨询抵押房子的贷款手续的行为看,那一定是个异常巨大的数字,大到如果被慧姨知晓的话,她会毫不犹豫地拒绝手术。所以我只好说谎,也只能说谎。反正自慧姨入院以来,我们都在以各种各样的方式欺骗着她。不论是我,还是我爸,对了,还有沈明昊——他每次来医院探望慧姨的时候,我都会叮嘱他绝不能提起叶子来过的事情。尽管如此,这个不善撒谎的小子还是险些说漏了嘴。若不是叶子在电话里装出一副淡然的口气,恐怕也没那么容易蒙混过去。没办法,慧姨终究是在为自己的孩子操心,哪怕身为孩子的我们并不希望如此。或许这是每个母亲与生俱来的本能,至少在一开始,血缘总是人与人之间最纯粹的连接,这是我们的幸运。不过,也正是因为这种纯粹,血液中一旦掺杂进恩怨是非,便再难回到原本的状态。甚至某些时候,至亲之间最久远的伤痕也会伴随终身。我第一次认识到这一点,是在年初的那场大雪中——我永远忘不了那一天,那天,大雪把整个世界变成了一片银幕。无论什么情节,一旦有了呼号的风雪作为背景,就多了一丝悲凉,也多了一丝命中注定的味道。

我的生身母亲平静地坐在对面,眼中映着我因惊讶而变形

第十一章 北方

的脸。尽管我们之间血脉相连,我却仍然觉得无比陌生。她意味深长地笑了笑,对我说:"两个有家室的人还能搞到一块去,你说,多恶心。"

我没能完全消化她的话,甚至,我以为对方只是在开一个玩笑。直到她一字不差地说出家中座机的开户地址时,我才终于明白,原来自己听到的,是来自二十年前的一场争执的回音。

"为什么?"我整个人仿佛被牢牢吸在了座位上,手中还拿着那本打算送给对方的书,"为什么现在才告诉我这个?"

"其实自从把你招进公司开始,我就想找个恰当的时机跟你挑明。只不过那段时间,我一直没考虑好该怎么开口。现在你辞职了,我要是再不把这件事说出来的话,以后就没这个机会了。"她慢条斯理地说话时,眉眼间确实有几分北方的味道,"看来林长青从来没跟你提起过,他也真沉得住气。"

"你说了这么多,就为了让我相信,林长青是个浑蛋?"

"我是想告诉你,就算二十年过去,我们仍然是母子。"

"那又怎么样?"我听见自己的声音在颤,"因为你是我的妈妈,就可以一声不吭地把我丢在迂遥?"

"你一直跟着林长青生活,他说什么你当然信他。"她看着我,目光灼灼,"可是你以为他就那么无辜吗?你以为他对你就从来没有隐瞒吗?你有没有想过,林长青为什么要送你去南方念书,而且偏偏是我家乡的学校?你在南方生活了那么久,还觉得咱们两个人的见面是巧合？"

"就算不是巧合，又能怎么样呢？"我讥讽地笑，"已经二十年了，你还想改变什么？"

"你应该猜得到，我根本没来这边出差，更不是什么顺路。我特意赶来就是想对你说，二十年前你还小，没有选择的机会。但是现在不一样了，你可以离开这个小地方，换一个更好的环境生活。如果你愿意的话，就跟我走吧，跟我去南方。这里没有的，你在那边都会有。至于其他的问题，我来帮你解决，好不好？"

"原来你找到我，是为了说这个。"我闭上眼睛，重重地叹气，"我曾经想过无数次，如果有一天我们能够见面，你会对我说些什么。我以为你会向我道歉，会向我解释你的离开是迫不得已。可是你没有。你怎么能不道歉呢？我在这里读书，在这里长大，我在这里等了二十年，你一次也没来看过我。现在，你才跟我吃了一顿饭，就说要带我走？"

"我理解你的心情，你早晚也能体会我的感受。你是我的孩子，谁也改变不了这个事实，谁都不行。你应该叫林宇，那是我给你起的名字。要不是我听说你在那边上学，看了你的档案，我怎么都想不到林长青竟然把你的名字改了。他有什么资格这么做？"

"我明白你是怎么想的。"我死死地盯着她的脸，试图从

第十一章 北方

中看出一些什么,"你带我走,就是不想让林长青好过,对不对?"

"我凭什么让他好过?"说到这里,对方的声音也变得尖锐了,"二十年前我恨他,二十年后我依然恨他。当初我为了他跟家里断绝关系,我为了他一个人来到迁遥,可他是怎么对我的呢?"

"那我呢?我算什么?"我悲哀地问,"既然你那个时候选择把我留在这儿,干吗还跑来告诉我这些?"

"我不怕和你说实话,当年我之所以把你留给林长青,就是不想看着他无牵无挂地和那个女人在一起。我可以有新的家庭,可以有新的开始,但是只要我还记得这件事一天,就一天不会原谅他。"她拢了一下头发,不屑地哼了一声,"再说,他有什么资格要我原谅他?他活该一辈子被困在迁遥。看看窗外吧,这个地方已经死了。所以你一定要跟我走,跟我走你接下来的人生会有更多的机会,有更多的选择。这是你应得的,也是我欠你的。我可以给你比现在好得多的条件,他林长青能为你做什么?他什么都不会为你做的。我们离婚的时候,林长青甚至都没和我争过你,因为他根本就没想要你。你想想,他和那个女人都有孩子了,这里早就不是你的家了,你留下来还有什么意义?"

"你说够了?"我噌地站起来,"你委屈,你伤心,你恨林长青是你的事情,我不同情他。可是你惩罚他的时候,有想过我吗？你要是后悔和这个家有瓜葛，就别跟我相认啊！就别来说带我走啊！你们造的孽，凭什么算到我头上？"

店里的暖气烘炙着我干涩的双眼，让我的呼吸在玻璃窗上凝成一片白雾，然后，像泪水一样流淌下来。

"我不会跟你走的。我会留在迁遥，我会死在这里。这个地方有的，你那里永远都不会有。"我用尽了周身所有的力气，从喉咙里挤出最后一句话："你走吧，不要再来找我了。"

那餐饭的末尾我没说再见，因为我想我们不会再见了。我看着她从自己身边经过，回望，离开，直到风雪抹去了她的背影。她永远不会知道，我还有多少话没说出口。我想要告诉她，在那些无眠之夜，我不止一次地想象你是什么样子。因为你，我守着那点虚无缥缈的希望，因为你，我从未叫过慧姨一声"妈妈"。我之所以把这个称呼保留下来，是希望有一天你会出现在我的面前——不是以今天这种方式，而是以一个母亲的姿态。

我可以承认你，却无法认同你。我承认你，因为你的生命中曾有我，我不认同你，因为我的生命中没有你。

手边的电话忽然响起，将我从那一天拉了回来。一串没有备注的本地号码，我还以为是余倩换了新号。意外的是，话筒中却传出一个粗糙的嗓音："是林家的小子吧？"

我听得出是叶伟生，在我的印象里，只有他才会这么叫我。

"这个号码总算是对了。"他的声音没有了以往的懒散，"慧

第十一章　北方

兰的情况怎么样？"

我本想说"这与你无关",又觉得这句话实在太不留情面,便对他说:"不乐观。"

对面一下子没有了声音,有那么一瞬间,我还以为电话断线了。

"你过来一趟,现在就过来。"叶伟生终于回应,是以命令的口吻,"我有件事情要告诉你,很重要的事情。"

就在我犹豫之际,又突然听他说道:"这关系到你们一家人。"

43

叶伟生仍旧在一个人喝酒,只是地点换成了他的新家——这个场景也不是很难预判,毕竟每次推开门都差不多,我习惯了。不过相比上一次见面,也就是半年前的时候,叶伟生看上去更瘦了,整个人被装进衣服里,领口与袖子都显得空荡荡的。

令我比较意外的是,叶伟生并没有像他当初说的那样,用补偿款改善自己的居住条件,反而租了这间又小又旧的住宅落脚,户型是典型的20世纪90年代居民楼的布局,陈设也几乎和原来的住处一个模样。不过不得不承认,他半年前的无理取闹,半年后再看就成了先见之明。在中间的这几个月里,其他动迁户的补偿款只发放了一半,另一半则渐渐没有了消息,而且很可能再也不会有消息了。他们中的多数人已经失去了谈判的筹码,唯一能做的也只剩一次次举着横幅上访。在这场对抗中,叶伟生成了为数不多的跑赢了开发商的人,尽管他尚不知晓到手的那笔补偿款里,还有叶子的份儿。

"坐吧。"他很利落地为我倒了一杯酒,难得不是往常醉醺醺的样子,"我就不和你废话了。叫你过来,是因为我有一件事要让你知道,很重要的事情。"

"重要的事情,你应该和林长青说。"我不捧场,"告诉我有什么用?"

他对我的话充耳不闻,继续说道:"你爷爷生前,曾经找过我。"

"我爷爷?"我一愣。

"对。前年年底的时候,你爷爷去了我那儿,跟我说了一些话。可惜那天我喝多了,他说什么我给忘了。老爷子去世以后,我收到一封他的信。当时我觉得不会有什么重要的事,收起来就忘了拆开,直到半年前搬家的时候,才无意间把它翻了出来。"他从怀里取出一封信,小心地放在桌面上,"这里面讲了些我们这代人的故事,涉及你父母的,具体内容我不想说得太详细。"

"没关系。"我注意到信封上写着几个数字,排列的顺序看起来十分眼熟,"二十年前是怎么一回事,我都知道。"

对方显然有些惊讶,随即却笑了:"好,既然这样的话,

第十一章　北方

那我就直说了。关于我离婚的事情，你爷爷觉得对不住我，而且慧兰嫁到林家，你爷爷也从没同意过。我不清楚老爷子是因为愧疚，还是想替自己的儿子补偿我，也可能两者都有……总之，你爷爷给了我一笔钱。不过直到老爷子去世以后，这笔钱才送到了我的手上。"

"怎么可能？"我不相信，"我们查过，爷爷很早就把存款支出了，根本就没有转账的记录。"

"查不到就对了。"叶伟生一口气喝光了杯里的酒，然后把桌上的信封推到我面前，"因为它在这儿。"

"总不能是现金吧？"我仔细看了看信上的日期，"我想起来了，这封信是爷爷葬礼之后，我拿到邮局寄出去的。只不过当时积压的信件很多，我没注意其中还有你的名字。但就算是邮寄，这么一个信封才能装多少钱？"

"不，不是在里面，而是在外面，就在你眼皮底下。"他对着信封慢慢伸出手指，最终落在了邮票的位置上，"知道这是什么吗？这叫蓝军邮，按照信上的说法，是你爷爷用半辈子的积蓄从他战友手里换来的。为了不引起别人注意，他才想到这个办法。换句话说，你们没找到的，都在这儿了。"

"邮票？"我恍然大悟，"怪不得，怪不得爷爷的那些钱不翼而飞了，我们还以为他故意把遗产藏了起来。"

"你这么想没什么，要是林长青也这么想，可够他妈没良心了。不过他还真就是这样,把自己那点面子看得比什么都重要。你爷爷一个人把他拉扯大不容易,当年整个生产队谁不知道,有个男人天天带着孩子下林场。说句实在话,要是没有你爷爷,你们家过不上现在的生活。也是难为老爷子了,跟自己的儿子较了半辈子劲,末了还惦记着替儿子还债。"

"我不明白。这封信,这张邮票……你为什么要告诉我这个?"

"咱们说话这会儿,慧兰还躺在医院里。"叶伟生的表情凝重起来,好像一瞬间变了个人,"在这个节骨眼儿上,我必须得做点什么。"

"你的意思是……"

"对,这张邮票是时候派上用场了。"他顿了一下,又缓缓张口,"我只有一个要求,你得替林长青答应我,这件事不能让慧兰知道。"

"为什么?"我不解。

"人各有命,我不想让她觉得对我有亏欠。况且,那套房子本来也不是我的。"他压低了酒瓶,让酒流进杯中,"一直以来,慧兰都觉得自己对不起我。包括我们离婚的时候,她为了有所补偿,把学校分给她的房子留给了我。其实我心里面清楚,不完全是她的责任……刚结婚的那两年,我还在外地跑工程,往往一出差就是半年,回家的时间加一起都不到一个月。如果

第十一章 北方

我当时能够多用点心,也不至于发生那样的事情。"

"我还是不明白。毕竟,毕竟是他们做错了,你就不记恨他们吗?"

"我当然恨他们,可这世上还有些东西远比记恨来得重要。说实话,我刚弄明白这个邮票那会儿不是没动过心思,倒也不是贪图这点钱,只是觉得把这笔钱还给林长青太便宜他了。可是我一想到慧兰和叶子,心里总是不落忍。"他注视着那只酒杯,眼角的皱纹若隐若现,"慧兰决定跟林长青在一块,要说没代价是不可能的。起码她嫁过去这些年,没少遭你爷爷的白眼。你知道在我们那个年代,作风问题是要拿到台面上说的。当初事情传开了以后,学校的意思是,两个人的编制只能留一个。慧兰为了把这个机会留给你爸,主动辞职了。我觉得不值,但也无话可说。当然,我也没资格说什么,都是她自己选的。只可惜这么久以来委屈了叶子,怎么都讨不到你爷爷的好脸色,所以她才经常偷着过来找我。叶子是个好孩子,从小的时候就是,她怕我过得不好,就攒着一块两块的送到我这儿。哪怕到了现在,还当我是她爸爸。叶子不是我亲生的,她能这么对我,你们家不欠我的了……"

我默然地盯着那封信,一时无法决定怎么做。在我看来,无论拒绝还是接受,都是错的。犹豫难决之际,信封上的数字让我终于记起来,那是慧姨的生日。我一瞬间明白了什么,于是拿起信封抖了抖,果然从中掉出一张银行卡。

"这个卡是另一码事,里面是我的动迁款,你带回去,用得上。"叶伟生察觉到了我的想法,"林长青那人要面子,我要是把他叫到这儿,这笔钱他一定不要,所以我才会找你来。"

"不行,绝对不行。"我急忙把卡装回去,"这是你的钱,我们不能要。"

"小子,我的钱怎么用是我的事,轮不到你跟我讨价还价。冯慧兰是你后妈没错,可她也是我前妻。"他昂起头,用一种无可辩驳的语气说,"我知道你们不想占便宜,就算是我借给林长青的。"

"还是不行,这件事我做不了主。"

"用不着你做主,这事儿我替你做主。你只要记住,这笔钱是干吗用的。"他坚决地看着我,"你是随了林长青了,太把面子当回事儿。现在拿不定主意,万一慧兰的手术耽搁了,将来再后悔不成?"

我无言以对,只能跟他说:"好,那我先收下。不过只是暂借,等到手术以后……"

"行了,别废话了。你们爷俩儿一个德行,磨磨叽叽的,像个娘们儿。"话刚出口,叶伟生就笑了,"我喝多了。趁我还没反悔,拿上东西,快滚吧。"

"我懂了。"我点点头,将信封收进怀里,"最后有件事

第十一章　北方

我想问你，是关于我的事情。二十多年前，我爸妈离婚的时候，是不是都不想要我？"

"瞎说。林长青是个浑蛋没错，但他还没浑到不要你。当初俩人分家的时候，是他坚持把你留下的。"那种倨傲不逊的表情又浮现在他的脸上，"我说你们家啊，整天就知道掰扯这些有的没的。我虽然酒喝得多，可是比你们都清醒。这天底下，哪有父母会恨自己的孩子？"

"谢谢。"我拿起他倒给我的酒，仰头饮尽。比那杯酒更辛辣的，是我离开时从身后传来的喊声："回去告诉你爸，不管怎么样，想办法把慧兰的病治好！"

我仍然讨厌叶伟生，讨厌他那一副恣睢无忌的做派，但是我愿意相信他，因为他在自己的家中守了二十年，即便曾经的那个家早已不复存在。或许，叶伟生不愿搬走的原因跟钱不无关系，但我想更重要的是，对他而言，那间房子不仅仅是一处住所，更是一个符号。他用沉沦来怀念过去，却把机会留给了未来。

44

吊瓶中的输液不知疲倦地滴下来，像是一只被施了魔法的沙漏，将这间屋子里的所有人都困在了时间里，循环往复，没有穷尽。

当我一边复述着叶伟生的嘱托,一边将这封信交给我爸的时候,他什么话都没有说,只是沉默地看着病床上昏睡的慧姨。也就是那一刻我才注意到,对方的鬓角已经白发丛生。原来不知不觉间,他已经这样老了。同样的时间换来了不同的结果,年轻的人慢慢成长,年长的人渐渐老去。我们调换了高度,调换了精力,调换了视角。更关键的是,他再也没有扭转局势的机会了,他再也无法像当初那样对我喊一句:"就凭我是你爸!"

窗外大片的乌云凝在空中,久久没有散去的迹象。我退到门口,晃了晃手中的烟盒,还剩最后两支。经过一秒的犹豫,我又把它收了起来——相比点燃一根香烟,我还有一件更重要的事情要做。

"半小时以前,"我故意望向窗外的那片阴云,嘴里的话却是说给我爸听的,"在来的路上,我给余倩打了个电话,让她把咱们家的座机办停了。"

"那怎么能行?万一来电话了怎么办?"我爸触电似的站起来,一把抓起自己的外套,"你先帮我照看着,我去把座机费续上。"

"你别去了。"我说。

对方充耳不闻,披上衣服往外走,嘴里还在喃喃自语:"座机不能停,打不通就糟了。"

"爸!"我追到走廊,"你别去了。"

第十一章　北方

他停下了脚步，回过头，吃惊地看着我。

七年，那是七年来，我第一次称呼他。

"你别去了。"我紧咬着牙关，"我见过她了，我是说，我妈妈。"

他张开嘴，欲言又止。

"她和我说了许多事，她现在过得很好。"

"她，她，"我爸的声音有些干涩，"她真的……"

"她还说，"我摇摇头，"她不恨你了。"

对方迟缓地后退几步，坐到了老旧的长椅上。那双通红的无所适从的眼睛，在爷爷的葬礼上也曾出现过。所以我才知道，这个时候，他需要一根烟。我在他的身旁坐下，从口袋里拿出烟盒，分了仅有的两根。在隐约的燃烧声中，他小心地控制自己僵硬的手指，努力不让那一截灰烬掉落下来，仿佛这是他在此刻唯一能够做到的事情。毕竟对他而言，无能为力的东西太多了。

我知道，他在等待，等待着那台老旧座机响起的一天，也许他是想在话筒里亲口说声"对不起"，也许他只是想亲耳听一听对面的声音，也许终有一天，也许没有也许。

昏暗的走廊里，微弱的火光闪烁交替。我们谁都没有说话，只是坐在那里，一起看着烟雾在眼前飘荡，散开。世界在这一刻安静下来，只剩风声洗刷着墙壁，像是叹息。

45

　　慧姨手术的前一天，叶子从学校回到了迁遥。知道这件事的人只有我，以及负责接送叶子的沈明昊。因为家里还没有告诉叶子手术的事情，所以我在电话中劝她最好先不要现身。结果，她还是来了。

　　那个晚上，迁遥下了入冬以来的第一场雪，为这个时节涂上了一层底色。我拉上病房的窗帘，主动接替我爸留了下来。就在慧姨如往常一样沉睡的时候，沈明昊蹑手蹑脚地走进了屋子。然后，顺着他示意的方向，我看见了门外的叶子。她剪短了自己的头发，正神色黯然地望着病榻上的慧姨。

　　我不知道，所谓百分之七十的成功率到底意味着什么，我只知道，另一种结果绝不是仅用数字就可以表示的。有些时候，血缘带给我们的悲伤要多过喜悦。可是在我眼中，叶子尚有一个可以挂念的母亲，又何尝不是一种幸运。

　　还是在那张长椅上，我和叶子彼此沉默着。至于沈明昊，他本就是一个不善言辞的人，只能在一旁为我们的尴尬而尴尬。走廊的窗户外面，零星有雪花从天空飘下，落在窗沿，积在屋顶，融化在对面的天台上。

　　叶子最先开口，她对沈明昊说："你先去把车子启动了吧。"

　　"不必，"后者把握十足，"走的时候就来得及。"

第十一章　北方

"沈明昊，"叶子一字一顿地说，突然又像是泄了气，"你去吧。"

他愣了一下，看了看叶子，又看了看我，似懂非懂地点点头。沈明昊离开后，悠长的走廊再次归于沉寂。我借着幽暗的灯光，轻轻衔起一根烟。打火机的脆响划开了空气，火光开始蚕食我指间的烟草——即便平日我有意避免在医院吸烟，但垃圾桶里的烟蒂还是在以肉眼可见的速度增加着，以致每次有值班的护士路过，都免不了要批评教育我一番。没办法，谁让我学坏学不来，又做不成一个好人。

"你就不能把烟戒了吗？"

"啊？"我一怔，只见叶子伸手来夺我嘴里的烟，却猝不及防地被烫了一下。

"伤到没有？"我忙把烟丢掉，去抓她的手。可是对方一欠身，躲开了。

窗户外边，雪夜中的楼房灯火通明，窗户里面，她攥着手指，低头不语。

那根烟终究在我眼前熄灭了，我说："沈明昊挺喜欢你的，他这个人也不错，你应该考虑考虑，别老这么吊着人家。"

"我知道他对我好，这一年是我欠他的。"叶子抬起头，苦笑了一下，"我现在才体会到，原来一个人对你太好，是压力这么大的一件事。他越信任我，我就越下不了决心告诉他事实。"

"你，你打算把那件事告诉他？"

"不只是他。我想好了，等我妈出了院，我就去把这件事情了结了。该说的说，该认的认。"

"不行！"我差点喊出来，"你知道自己在说什么吗？"

"我不是一时冲动，是真的考虑好了。你别劝我，没用的。"

"为什么？"突然间，一个假设占据了我的大脑，"是不是有人骚扰你？是不是有人在用孙璐的号码骚扰你？"

"那不重要。"叶子依然平静，"重要的是，做了亏心事就要付出代价。"

"你实话告诉我，到底是怎么回事？"

"哥，你别问了。"叶子从怀里翻出一样物件，是她年初买的那个护身符，"没什么别的原因，我就是想睡觉了。这鬼东西一点也不顶用，我把它放在枕头下面，还是会做噩梦。我知道自己在做什么，真的。"

"有些话一旦说出口，就没有后悔的机会了。"我压低了声音，"是要坐牢的，你知不知道？"

"我现在这个样子，才更像是在坐牢。"

我长长地叹息一声，连反驳都没了力气："可是那样的话，我们就前功尽弃了。"

"没有前功尽弃，至少对你来说没有。"她直视着我的脸，

第十一章　北方

不容辩驳地说，"答应我，除夕那天，你没出去找过我。你整晚都留在家里，跟孙璐碰面的人只有我。只要按我说的保守住秘密，就不会有人知道发生了什么。"

"可是，"我把头转向窗外，看着对面的天台，"可是我们知道，不是吗？"

对话就此陷入了僵局。我们肩并着肩，任凭冬夜将时间慢慢吞噬。直到住院部楼下，等在车里的沈明昊按了两下喇叭。

"还记得爷爷的那把梳子吗？"叶子的声音很轻，"小时候我偷偷拿来梳头，却不小心把它弄断了。我吓得哭了一整晚，想着爷爷肯定会骂我，可你却抢在我的前面，跟爷爷说是你干的……从小到大，都是你在帮我解决难题。你为我做的已经够多了，该轮到我为你做点什么了。"她温柔地看着我，仿佛回到了儿时，"从来都是我听你的，你就听我一次，就这一次，好不好？"

记忆中，那个晚上是如此漫长。我有多少次要忘记它，就有多少次回想起它——我记得雪渐渐下得大了，许多冰花积聚在窗上。我记得叶子站起身，向出口走去了。那个时候，我想开口却无话可说，想拉住她却动弹不得。我还记得，待她停下脚步，转过头，已是泪流满面："哥，对不起。这一次，我不能跟你回家了。"

第十二章　琼浆千舀

46

慧姨的手术很成功。

她从观察病房搬到普通病房，可能是这个惨淡的冬天里，我们家唯一的一件喜事。不过，已经足够了。

面对漫长的术后恢复期，慧姨本打算提前出院。我以家人都不放心为由，拖延着她出院的时间——我需要足够的时间去说服叶子，最起码，我不能够允许自己置身事外，看着叶子一个人承担所有的后果。慧姨自然不会知晓这么多，反而笑我在住院这件事上太过小题大做。她的身体恢复得很快，这也正是令我矛盾的地方。某个晴朗的午后，慧姨正色对我说："宇谦，我决定了，我要继续写一些东西。你说得对，我得为自己做点什么。"

"好啊。"我坐在病床的一边，挑了个苹果递给她，"我

第十二章　琼浆千酉

们支持你。"

"不过，我得先找找感觉。"她接过去，笑得腼腆，"这么长时间没动笔，写得不好可就丢人了。"

"不会的，你跟文字打了这么久的交道，况且书店也不是谁都能开的。"顺着这句话，我想起了什么，"慧姨，你还记不记得你说过，曾经有个女人来店里，问你是不是我的妈妈？"

"下大雪的那天是吧，我记得啊。"

"我想知道，你是怎么回答她的？"

"那还用问，我当然说'是'了。"话说到这里，她叹了口气，"唉，可能我真的是老了。到现在我也没想起来，自己在哪里见过那个人。可能是你以前的老师，也兴许是你同学的家长……"

"记不起也没什么。"我发自内心地打断对方，"人的一辈子那么长，不忘记几个过去的名字，怎么能记住更重要的人？"

"有道理，要是你和叶子也能这么想，就真的再好不过了。"她微微倾了倾身子，神色也跟着轻松下来，"这次手术之前，我最放心不下的就是叶子。你说怪不怪，叶子都这么大了，我还总觉得她是小时候的样子。"

"其实叶子比咱们想的要懂事得多，只是大家一直都没注意到而已。"

"说到这个我才想起来，刚刚沈大夫来过一趟。听他讲啊，沈明昊那个孩子真的考上了公务员。"慧姨说，"现在好了，叶子读研也半年了。我觉得他们两个相处得还不错，是个好兆头。"

"哦。"我不看她，应了一声。

"你不喜欢谈这个，是吧？"她忽然对我笑了，很宽容的那种笑，"我知道你心思重，心里装的东西多。可是心思太重，也不是件好事。有些事情想想就算了，一旦做出来就是错的。所以，宇谦，你应该理解，我为什么非要撮合叶子他们两个。"

"慧姨，"我难以置信地看着对方，几乎说不出话来，"原来，原来你……"

"不错。我毕竟是个做母亲的，你也好，叶子也好，孩子心里想什么，我总能猜出一些。这么多年，我看着你们一点点长大，怎么会什么都察觉不到？"

"是啊，怎么会察觉不到？"我闭上眼睛，自言自语地重复着。一瞬间，竟然有种轻松的感觉，像是捉迷藏时提心吊胆地躲进角落，被捉到反而成了一种解脱。

"我想要说的是，正因为你和叶子是我带大的，所以我才不能眼睁睁地看着你们犯错。"她轻轻托起我的手，把那个苹果还给我，"宇谦，别记恨我。"

"慧姨，你别这么想，千万别这么想。"我的眼眶涌上一阵温热，"我没有记恨过你，从来都没有。相反，从小到大，我最感激的人就是你。"

第十二章　琼浆千酉

仿佛被我传染了一样，慧姨的眼睛也湿润了，连声音都变得哽咽："真的吗？"

"当然。"我说，"因为，你是我的妈妈啊。"

47

元旦过后，慧姨为了专心进行创作，将自己经营了二十年的书店转让了出去。鉴于她的身体状况，我和我爸没提出异议。但是我心里很清楚，写作不过是慧姨出兑书店的借口，因为只有如此，才可以让这个决定看起来自然而然。她虽然对手术费用的事情只字未提，但应该已经猜到家里欠下了外债。此时此刻，我终于理解了叶伟生要求我们保密的意义——慧姨不是那种可以心安理得受人恩惠的人，这一点从二十年前就已经注定了。

接手书店的人毫无疑问是白姐，我是在帮她搬家的时候才得知，她已经把自己原来的店铺兑给了隔壁的甜品店。作为七年前第一批走进来的客人，七年后，我又将最后一个离开这里。那个冬日的午后，我一面听白姐讲述着自己经营店铺的往事，一面帮她将那些杂七杂八的东西整理到一起，打包收好。等待搬家公司抵达的间隙，我给余倩发了一条微信，想托她帮我办一件很重要的事情。但我猜她没看到的可能性比较大，此刻，她的注意力应该还在别处，比如即将揭晓的中秋摄影大赛的结果。

白姐就在这时坐下来,漫不经心地跟我说:"对了,前几天,那个女人来过一次,在店里吃了顿饭。"

"哪个女人?"我问。

"就是年初下大雪的那天,和你一起来的那个女的。"她简短地描述着,"我记得你好像说过,她是你的上司,对吧?"

"你会不会看错了?"

"不会,我记得很清楚。来店里的客人没有吃南方菜的,只有那个女人例外。"白姐指着那个靠窗的卡座,"那天本来不巧,这张桌有客人。可那女的也不去别的位置,一直等到这个地方空出来。起初我还以为有别人和她一起,结果她自己坐一会儿就走了,点了几道菜也没怎么吃。"

顺着白姐手指的方向,我走到那个靠窗的位置,坐下来。

一种异样的感觉笼罩着我,让我不敢看向对街的书店。仿佛就在此刻,那个陌生的身影逐渐远去,却留下了令我熟悉的足迹——这是个悖论,她的出现轻而易举地撕碎了我的期望,可若她没有出现,我就永远无法停止寻找真相。她的恨意是不曾消散的阴云,夺走了本该属于我的阳光。正因我太过渴望触碰阴云背后的光亮,所以才会用一双蜡做的翅膀去追逐太阳。

像是回到那场大雪中一样,我一个人在这里坐了许久,久到熟悉的店铺在自己眼中变得陌生,久到赶来的搬运工开始拆除卡座。我想,这算是告别,告别这条街道,也告别她。我不

第十二章　琼浆千酌

恨她，那不该是我从她身上继承的东西。我甚至可怜她，她花了一辈子的时间去积攒怨气，她花了一辈子的时间去恨一个人，可是到最后，又换来了什么呢？

48

时间不早了，窗外的天色变得昏沉下来，压得整条街道喘不过气。偶尔有行人匆匆经过，像是要赶往天边去。同样不知要去往何处的，还有店铺门口那些正在被装上车的大大小小的箱子——对它们而言，前路也不过是从一个地方换到另一个地方，自然无所谓起点或是归途。一如整间屋子被清空的一刻，看不出是开始还是结束。

当搬家公司将不计其数的箱子都装上车时，天已经完全黑了。我问白姐要不要把店里的水电都检查一遍。她摆摆手说不用，明早等后厨来了再弄也可以。紧接着，白姐怔了一下，可能是忽然想起明天不会有人来上班了，她略显失落又有点不好意思地对我笑笑："你别说啊，虽然我这里的生意一直都不怎么好，可是搬出来还怪舍不得的。尤其一想到隔壁的老板要重新装修这个店，心里就有点不舒服。"

我走过去，衷心地说："你不可能永远守在这儿。这种事情，任谁都是一样的。"

白姐只是微笑了一下，便不再说话了。我还是无法理解她的坚持，但是我接受自己无法理解她的事实。有些人就是愿意守着这样的坚持，一意孤行地做着众人眼中的傻事。对他们而言，多数人不会选的未必就是错的。何况我们拿来判断另一个人的标准，永远都只能是自己的认知。说不定我所以为的禁锢，恰恰是她的自由。

离开以前，我锁好了窗户。就在转身的短短几秒，因挪走卡座而露出的地板上，一只小盒子吸引了我的注意。路灯的光亮被门窗分割开来，其中的一缕恰好落在它的上面，仿佛是为之精心准备的聚光灯。我蹲下来，上面黑色的纹理让我认出，它是高三那年孙璐送给我的礼物。这么久的时间过去，我早已经忘记这个盒子的存在，自然也忘记了它的遗失。

此刻，这个盒子静静地躺在角落，表面被蒙上了一层灰尘。我将其捡起，小心地打开。随着折页的一声轻响，出现在我眼前的不是什么药丸药片，而是一支电子烟。

面对这个迟到了七年的礼物，我惊讶地张开嘴，声音却全部堵在了喉咙里。原来孙璐谋划了那么久，只不过是想要我戒烟。

手中的电子烟固然是崭新的，可是除此之外的一切都泛了旧。我开始责怪自己，责怪自己为什么没能早点发现它，责怪自己为什么没有顾及对方的感受。那个晚上，我跟孙璐最后一次发生争执的那个晚上，我应该留下来的，我应该和她好好谈谈。如果我们不那么冲动，事情或许还有挽回的余地。只可惜，

第十二章　琼浆千盅

一切都来不及了。我点开手机的短信箱，点开孙璐号码发来的最后一条信息，在"凶手"两个字的下面回复道："对不起。"

我知道对面不会再有回应了，不会再有人用这个号码发给我任何的信息。我终究会忘记孙璐，忘记她的言谈举止，忘记她的音容笑貌，直到她再也不会走入我的梦里，直到我心中那个关于她的缺口永远无法填补。到了那个时候，将只剩下这根电子烟彻夜折磨着我。最悲哀的是，我想恳求她的原谅，却再也没有机会了。

49

春节一天一天临近了，渐渐密集的鞭炮声拉长了迂遥的日与夜，连同那些走街串巷的叫卖声一起，洗刷着这个似喜而悲的冬天。

很出人意料的一件事情是，在公司的年终总结会上，我稀里糊涂地成了新晋优秀员工——部门领导亲自颁给了我一张嘉奖状，以及一笔包装得很夸张的奖金，用来奖励我在项目上的认真负责。尽管实际数额算不上特别多，但也足够令一些新人眼红了。我猜，领导们应该是没遇到过像我这样主动要求外派的员工，所以才找了一个名分给我作为补偿。某种层面上，这是个仪式——我在获得成人世界的第一个赞许的同时，也丢掉了学生时代那所剩无几的，令自己引以为傲的叛逆。

得知这个消息的人里，最激动的当属余倩了。除去替我高兴的因素外，也因为这个冬天对她尤其不友好——经过三个月的评比，满怀期待的余倩在摄影比赛中遗憾落选，眼睁睁地看着那个跋扈的"徕卡"拔得了头筹。当然，我所说的遗憾也只是相对而言，最终的结果并不怎么令人意外。从比赛一开始，"徕卡"就已经通过家里的关系，成为这次活动的赞助方——我之所以知道这个，是因为我再一次以司机的身份，参加了他们摄影协会的聚会，或者说，是"徕卡"提前预订好的庆功宴。

　　那是个晴朗却清冷的周末，获奖者煞有介事地领取了奖杯，又装模作样地发表了感言。其他的参与者虽然一个个心知肚明，却还要扮出一副惊喜的样子。看着他们脸上僵硬的笑，我恍然大悟，原来这就叫作人情世故。可惜，我不喜欢。

　　席间，作为优胜者的"徕卡"自然成了焦点，就像第一次见面时那样，他做着夸张的表情，开着露骨的玩笑。某一时刻，我忽然开始同情他。我不相信他会自大到认为敬给自己的每一杯酒都是真心的，更不相信他会对那些人脸上一闪而过的鄙夷丝毫不觉，毕竟没有人生来嚣张。即便如此，他仍然选择制造假象来掩盖假象，通过欺骗别人来欺骗自己。可话说回来，我们小心翼翼维持的又有什么不是假象呢？言语间的一片祥和是假象，酒桌上的推杯换盏是假象，也许，只有麻痹神经的酒精不是假象，所以我们才能毫不脸红地说谎。

第十二章 琼浆千酉

饭局的末尾,我帮忙将那些装作不省人事的伙计扶上了车。他们或无奈,或解脱地匆匆逃离了这里。最后,轮到"徕卡"的时候,我主动提出将他载回旧城区。对方倒是一点都没客气,带着满身酒气拉开车门,口齿不清地跟我抱怨:"这帮浑蛋走得够快的啊,我还想找个地儿玩玩呢。不过话说回来,迁遥实在是太他妈小了,连个好玩的地方都没有。"

"我倒知道一个好去处,只是稍稍有点远。"我跟着坐进驾驶室,和他说了一个地方,"怎么样?想不想去看看?"

"行啊,"他甩上车门,"闲着也是闲着,走吧。"

"等等,带我一个。"余倩敲敲挡风玻璃,也掺和进来。

"你就别去了。"我下了车,到她面前,"我有一件更重要的事情想要你去做。"

"什么事啊?"

"你还记不记得,你通过职业考试的那天,我说要送你一个礼物,结果被耽搁了?"我拿出自己的工资卡,塞到她的手上,"我的奖金都在这里面,密码你知道的。现在,我想把欠你的礼物补上。你不是喜欢那个镜头吗,去买了吧。"

"你是说真的?"她的眼睛亮了,"不骗我?"

"当然是真的。"我肯定地说。

"真奇怪,你怎么想起这个?"余倩说着仔细地看了看我,然后故意扮出一副恍然大悟的样子,"我知道了,你又想找我帮忙，对不对？"

"找你帮忙？帮什么忙？"

"查电话的往来记录呗，又是前女友又是你妹妹的，你不老是看别人隐私吗？"

"你想多了，我没什么要查的。"

"那是为什么？"她挑起眉，有些不解，"为什么突然对我这么好？"

"一年了，算是支持一下你的爱好。"我微笑，"不过，我还是骗不了自己，你们拍的那些照片，我真的看不出区别。"

"所以说，就算你送了我镜头，我对你这个人的评价也不会变。"她应景地哼了一声，掩饰着自己的兴奋，"俗，而且俗不可耐。"

"是啊。"我感叹，"如果我能多了解一下你的喜好，说不定我们就可以好好地在一起了。"

"我们不是已经在一起了吗？"余倩看着我，眼中闪过一丝疑惑，"现在这样不好吗？"

"余倩，对不起。"

"真是的，玩笑话而已，你道歉干什么？"

"对不起。"我抱住她，由衷地说，"真的对不起。"

"你怎么了？"她似乎被我吓到了。

"对不起，我说了谎。"我的脸颊滚烫，贴着她的耳朵，

第十二章　琼浆千舀

"当初班主任并没有冤枉我。被丢在走廊里的那根烟，的确是我抽的。"

50

只有我们两个人的车里，坐在副驾驶座位的"徕卡"一路夸夸其谈，所言自然是方才饭局上的异性。公路两旁的树木被积雪挂上了银装，让这个本该苍老的时节竟然显得很年轻。这一刻我忽然觉得，正是这漫天的无尽的冰雪孕育了迂遥，让我们有机会于此构建起自己的家园。严冬之中，这座北方的工业小城沉睡着，等待在冰雪褪去的一刻重获新生。

我们离开了城区向北，行驶在千舀湖的沿岸。车窗外，冻结的冰层为湖水披上了一层厚厚的铠甲。那些细小的冰晶浮动着，在冰面上凝成一片薄雾。越过这片冰雾，一队渔民手持铁钎朝着湖心行进，匆促的步伐仿佛是要赶赴战场——这样说也没什么不妥，他们要做的就是刺穿千舀湖的铠甲，然后从那些蔓延开来的裂缝中获取战利品，每个冬季，日复一日。

"其实很早以前，我就想开车在冰面上遛遛，可惜直到今天也没找着机会。"我中途点下了刹车，向"徕卡"问道，"怎么样？我看时间还早，敢不敢去试试？"

"这有什么不敢的？"意料之中的，对方接了招。

"好。"我打了一把轮，将车驶上这个巨大的银盘。后视镜里，沿途的积雪被车轮卷起，在阳光下折射出斑斓的色彩。我们渐渐远离了岸边，同时也甩开了那一队渔民。如此滑行出一段距离后，我放缓了速度问他："再往前，冰面可能会有裂缝，还走吗？"

"走啊！"他借着酒劲儿，嘴上毫不示弱，"看谁先尿。"

"好。"我挂上挡，继续向湖心前进。

"你一会儿要带我去见的那个道士，叫什么来着？"他谈及此行的目的，言语之中很是亢奋，"哦，对，尘然道长。他真的是百算百灵？有那么准？"

"对，非常准。"我回答得确定，"我也是近来才相信这个的。"

"那就是说，他给你算过？"

"不错，我小的时候找他算过。按照他的说法，我在三十岁之前会有一场大劫。"

"有点儿意思。知道吗，咱俩挺像的，之前也有个算命的说我命短……得了，一会儿我不能让他算这个，要算就给我算算事业运，至于桃花运就不必了，我怕他算不过来，哈哈！"

我看了他一眼，未予评价。不过，我想自己的表情应该很奇怪，因为他突然不笑了。静默了好一会儿，他才再次开口："行了，别再往前了，掉头上岸吧。"

可惜回应他的，只有我的无动于衷。

第十二章　琼浆千盅

"喂，跟你说话呢。"

"你刚不是说，看谁先尿吗？"

"好，好，算你赢了行不行？"他似乎有点慌了，酒也醒了一大半，"差不多得了，赶紧回去吧。"

"我曾经给过你机会。"我握紧了方向盘，依旧直视着前方，"现在，晚了。"

"你在说什么鬼话？"

"你马上就能明白我在说什么了，吴俊泽。"我慢慢转过头，叫出他的名字，"我还没有问你，去年冬天你们的高中同学聚会，还记得那个晚上发生了什么吗？"

"胡说八道些什么……"他脸色突变，像是撞了鬼，"叶梓尧？"

"看来你记得。"我说，"那天她喝多了，在无意识的状态下说出了一个秘密，从而让你了解到一些事情。这半年来，你一直在给她发短信，利用这个威胁她和你见面，没错吧？"

"你……"他难以置信地睁大了眼睛，"你怎么会知道？"

我把视线抽离回来，望向外面残破的冰原："我怎么知道的不重要，重要的是，做了亏心事就要付出代价。"

"你认识叶梓尧？"他的声音在抖，"她是你什么人？"

"郝思嘉，"我踩下油门，"她是我的郝思嘉。"

我知道自己又要做一件错事，而且是一件彻头彻尾的错事，不过，这是现下我唯一能够做到的事。叶子，对不起，你说只要我听你一次就好，可惜这一次我还是没能听你的。原谅我没能做出正确的决定，原谅我此时此刻的意气用事。我只是想再一次，哪怕最后一次，帮你准备逃亡的马车。

没有想象中的惊惶，我甚至不觉得紧张，反而坦然得像是在完成某个约定。汽车的引擎轰鸣着，说不定会惊醒那条沉睡的巨龙，正好，我也想见见它的模样。忘记从何时起，我发现自己已经算不上一个唯物主义者了，但不得不承认，有些东西的确很难找到一个科学的论证。就像我无法解释，当初为我算命的道士是怎么预见这个结局的。毕竟我从小到大都没成过什么事，唯独这一次被他言中了。若仅是对方的随口一说，也未免太过巧合。只可惜，这场如期而至的灾祸并没有他说的那样充满仪式感——我不过是为了弥补自己做过的错事，而不得不做了另一件错事。尽管理智一再地提醒我，自己所做的这件事情，从法律的角度上讲，叫作谋杀。

如今，所有的秘密都将被埋藏于此。在冰雪掩盖这一切之前，我还需要一点时间留下自己的回忆。伴随着巨龙的吼声响起，过往的画面纷至沓来，而其中最清晰的，就是我刚刚回到迁遥的场景。只不过，那已经是一年前的故事了。

我清楚地记得那一天，整个世界都在铁轨上疾驰着。积攒了一年的忐忑与思念，让我紧张得几乎不能言语。外面，天空

第十二章　琼浆千盏

被车窗剪辑成了一段影像，太阳在镜头的中央缓缓沉下去，提醒着我旅途抵达终点的时刻。列车就这样跟随着昏沉的暮色，驶过乡村与城镇，穿越林海与冰原，最终停在了一片叫作"家"的土地上。

那些片段就在我走出车厢的刹那活了过来，随之出现的还有站台上的那个身影。人群之中，她热情地向我挥手，仿佛过去一年的空白从未存在过。正当我犹豫着该如何开口的时候，对方走上来，给了我一个大大的拥抱——所有的旅程都迎来了终点，所有的问题都等到了答案，她脸上宽容的笑让我如释重负，让我觉得一切终会完好如初。我知道，纵然眼前冰雪飘零，任凭耳边寒风呼啸，我会将这个笑容珍藏于心，从这一刻，直到永远。